메스를 손에 든 자

대학병원 외과의사가 전하는 수술실 안과 밖의 이야기

메스를 손에 든 자

이수영 지음

푸른향기

나를 믿고 나에게 기꺼이 몸을 맡겨준 환자들에게

이 책을 바친다.

외과의사의 고뇌와 진심을 담아

의사 면허를 딴 지 벌써 십오 년이 지났다. 셀 수 없을 만큼 많은 환자를 만났고, 함께 울고 웃었다. 그러다 어느 날 문득, 환자와 함께한 소중한 기억들이 시간이 지나며 잊히고 퇴색되는 것이 안타깝다는 생각이 들었다. 그래서 쓰기 시작했다. 투박하고 무미건조한 문장밖에 지어내지 못하는 전형적인 좌뇌형 인간인 나에게 쓴다는 행위는 상당한 시간과 노력을 필요로 하는 일이었다. 꼬박꼬박 일기를 쓰던 유년 시절부터 결정적인 한 문장을 쓰지 못해 논문을 더 이상 진척시키지 못하고 며칠을 끙끙대기 일쑤인 지금까지, '어떻게 해야 더 좋은 글을 쓸 수 있을까?'라는 질문은 영원히 해결되지 않을 내 삶의 숙제와도 같았다. 쓰는 능력을 타고나지 못한 나 자신이 원망스러웠지만, 그래도 꾸준히 썼다. 외과의사로서의 고뇌와 진심을 글이라는 형태에 담아 두고 싶었기 때문이다. 그렇게 하나둘씩 쌓인 글들이 내 기억의 창고를 이루어가고 어느덧 책으로 묶여 나오게 되었으니, 이 기적 같은 일에 감사할 따름이다.

  외과의사의 삶은 TV 드라마에서 그려지는 것처럼 낭만적이지만은 않다. 쌓인 글들을 정리하며 찬찬히 다시 읽어보니 웃었던 기억보다는 울고 좌절했던 기억이 훨씬 더 많다. 아무래도 성공보다는 실패의 기억이 오래 남는가 보다. 환자를 살려보겠다고 시작한 외과의사의 길인데, 항상 그럴 수만은 없음에 절망하게 되는 것은 외과의사의 숙명인 것 같다. 세상 모든 이를 구해내리라는 허황된 꿈에서 벗어나는 데에는 그리 오랜 시간이 걸리지 않았고, 나는 한낱 인간으로서의 한계를 매일매일 절감하는 중이다. 크론병을 진단받고서도 대장항문외과로 진로를 정한 스스로를 되돌아보면 나라는 인간은 참으로 대책 없는 낭만주의자라는 생각이 들지만, 내가 선택한 길이니 후회는 없다.

  막상 책을 내자니 내가 무슨 대단한 사람인 것처럼 오해를 살까 걱정이 앞선다. 세상에는 나보다 훨씬 훌륭한 의사 선생님들이 많고, 나는 그저 스승님들의 발자취를 따라가려 무던히 애를 쓰고 있을 뿐이다.

나를 한 명의 외과의사로 길러 주신 박규주 교수님, 강성범 교수님, 김형록 교수님, 김영진 원장님을 비롯한 스승님들께 깊은 감사의 말씀을 올립니다. 항상 내 삶의 기준이 되어주시는 우리 부모님, 존경하고 사랑합니다. 내가 원하는 일을 할 수 있도록 곁에서 든든한 버팀목이 되어주는 나의 아내, 의사로서의 나의 현재를 만든 것은 팔 할이 당신입니다. 내 존재의 이유가 되어주는 사랑하는 진화와 진이, 내 곁에 와 주어서 너무 고마워요.

끝으로, 나를 믿고 나에게 기꺼이 몸을 맡겨준 환자들이 없었다면 이 책은 존재할 수 없었다. 그들 모두에게 이 책을 바친다.

Contents —————————————

Contents ——————————————————————————————

Part 1.

외과의사 이야기

나의 시작, 그대들의 시작

아이 둘을 모두 데리고 동네 공원에서 자전거를 탔다. 아들이 다섯 살 때 샀던 자전거가 작아져서 아들은 새 자전거를 장만해 주고, 아들이 타던 자전거에 보조바퀴를 다시 달아서 딸에게 주었다. 아들과 딸이 나이 차가 다섯 살이 나다 보니 이럴 때는 좋은 점이 있다. 아들내미는 새로 사준 자전거가 아직 좀 커서 혼자서 잘 출발하지 못하고 낑낑댄다. 그래도 어찌어찌 출발하고 나면 원래 타던 자전거보다 훨씬 빨라진 속도에 신이 나는지 내려올 줄을 모른다. 아직 어려 아무리 보조바퀴를 달았다 해도 잘 탈 수 있을까 걱정되었던 딸내미는 웬걸, 별로 가르쳐 주지도 않았는데 자전거에 앉자마자 본능적으로 발을 놀리더니 핸들도 척척 조작하고 혼자 알아서 잘 탄다. 오빠랑 다르게 겁이 없다. 언제 저렇게 컸나 싶다.

자전거 보조바퀴를 처음 떼던 날이 떠오른다. 햇살이 따가운 초여름 날이었다. 이 정도 탈 수 있으면 됐다고, 이제 너도 충분히 컸다고, 보조바퀴 떼고 제대로 된 두발자전거를 한 번 타 보자고 아들과 함께 호기롭게 나섰지만, 현실은 그리 호락호락하지 않았다. 겁이 많은 아들은 아빠가 잘 잡고 있는지 확인하느라 미처 페달을 밟을 겨를조차 없었고, 나는 자전거 꽁무니를 붙잡고 따라다닌 지 오 분 만에 온몸이 땀으로 범벅이 되었다. 페달을 계속 밟고 핸들을 살짝살짝 움직여 가며 균형을 잡아야 한다고 누누이 설명해 보지만, 그게 어디 말로 설명해서 될 일인가. 조금만 더 하면 될 것도 같아 허리가 끊어질 것 같은 통증을 참고 한 시간을 버티다가 결국 내가 먼저 포기를 선언했다. 비록 성공하지는 못했지만, 아들은 기특하게도 수십 번 넘어지면서도 못하겠다는 말은 기어코 하지 않았다.

아들이 혼자서 자전거를 탈 수 있기까지는 그 후로도 몇 번의 연습이 더 필요했다. 무엇이든지 시작이 가장 어려운 법이다.

얼마 전 드라마 「슬기로운 의사생활」에서 3년차 신경외과 전공의가 첫 집도를 하다가 스스로 마무리 짓지 못하고 교수님에게 수술을 넘기는 장면이 나왔다. 의사들은 이럴 때 야구 용어를 따서 '강판되었다'고 한다. 첫 집도라 공부도 많이 하고 마음의 준비도 하고 들어갔는데, 결국 강판되어 버리고 좌절에 휩싸여 있는 전공의 3년차의 축 처진 어깨. 술 한 잔으로 툭 털어버리고 싶지만, 당직이라 그마저도 못하고 병원을 지켜야 하는 안타까운 현실. 잠깐 지나간 에피소드였고 비중이 적은 조연의 이야기였지만, 나는 그 장면 하나하나가 그렇게도 공감이 될 수가 없었다. 제힘으로 해결하지 못하고 구원투수에게 공을 넘기는 심정은 아는 사람만 안다. 외과의사라면 누구나 한 번쯤은 경험해보았을 이야기이다. 아무것도 할 줄 아는 게 없던 전공의 1년차 시절, 내가 수술을 집도해 볼 수 있으리라고는 꿈에도 생각하지 못하고 있던 어느 날 기회는 갑작스럽게 찾아왔다.

"네가 한번 해볼래?"

맹장염 수술 준비를 끝내고 조수 자리에서 대기하고 있던 내게 치프 선생님께서 느닷없이 말씀하셨다.

"제… 제가요?"

"왜, 싫어?"

"아, 아니요. 그게 아니라 너무 갑작스러워서….."

"싫으면 말고."

"아닙니다. 해보겠습니다."

호기롭게 말은 했지만, 사실은 자신이 없었다. 수술을 보조하는 것과 수술을 집도하는 것은 하늘과 땅만큼의 차이가 있었다. 오퍼레이터 자리에 서니 그동안 수없이 보았던 맹장염 수술 장면은 다 어디로 가버리고 머릿속이 새하얘졌다. 아무 생각도 나지 않았다. 메스를 쥔 오른손이 떨려 왔다. 과연 내가 할 수 있을까.

긴장으로 허둥대느라 수술을 원활히 진행하지 못하고 있는 나를 보며 치프 선생님께서 말씀하셨다.

"오늘은 안 되겠다. 다음에 다시 하자."

나는 얼굴이 빨개진 채 조수 자리로 다시 돌아갈 수밖에 없었다. 치프 선생님께서 한숨을 쉬며 말씀하셨다.

"항상 준비가 되어 있어야 해. 준비하는 자에게 기회가 온다."

수술이 끝나고 당직실에 틀어박혀 좌절과 부끄러움에 떨던 그날 밤을, 나는 아직도 또렷이 기억한다.

세월은 흘러 흘러 나는 아버지가 되었고 교수가 되었다. 십여 년 사이에 배우는 입장에서 가르치는 입장으로 처지가 완전히 뒤바뀐 것이다. 가르치는 것은 배우는 것보다 훨씬 어렵다. 걸음마부터 시작해서 말하는 것, 밥 먹는 것, 옷 입는 것, 자전거 타는 것까지 세상 모든 것이 처음인 아들. 배를 열고 닫는 것부터 시작해서, 앞으로 배워나가야 할 수술들이 전부 '첫 집도'일 수밖에 없는 전공의들. 무엇이든지 시작이 가장 어렵고, 나는 아버지로서, 또 교수로서 그들의 어려움을 함께 해 나가야 한다.

오늘, 자전거 연습을 다녀온 밤마다 끊어질 듯한 허리를 부여잡고 신음해야 했던 아빠의 과거를 비웃듯 24인치 자전거를 쭉쭉 밀고 나가는 아들의 모습을 보며 시작이 반이라는 말을 새삼 실감했다. 아직 서툴기 짝이 없는 우리 전공의 선생님들도 하다 보면 차츰 나아져 언젠가는 수술의 달인이 되겠지. 교수로서 나의 가장 중요한 역할은 인내심을 가지고 지켜보는 것일 게다. 강판의 유혹을 이겨내고 말이다.

그래, 그대들은 무엇이든 할 수 있다. 시작의 어려움을 두려워하지만 않는다면.

환자와의 교감은 양날의 검일지니

1.

땅거미가 내려앉은 어느 늦은 여름날. 다섯 살배기 아들 녀석이 친구네 집에 놀러 간 틈을 타 아내와 함께 동네 카페에 자리를 잡고 앉았다. 살림과 육아에 지친 아내는 모처럼 갖게 된 둘만의 여유에 한껏 흥이 났다. 메뉴판을 이리저리 훑으며 여기가 요즘 뜨고 있는 봉선동 핫플레이스라는 둥 여기 와서는 이 메뉴를 꼭 먹어 보아야 한다는 둥 쉴 새 없이 재잘거린다. 저렇게도 행복해하는데, 그 잠깐의 여유조차 쉽게 허락해 주지 못하는 것 같아 괜스레 미안한 마음이 든다. 부쩍 선선해진 저녁 공기 탓에 여름내 거들떠보지도 않던 핫초코를 주문하고 기다리는데, 불현듯 전화벨이 울렸다.

"병원이야? 무슨 일인데?"

전화만 오면 으레 긴장하는 건 나나 아내나 마찬가지다. 하루 24시간이 모자랄 정도로 쉴 새 없이 병동과 응급실 콜을 받던 전공의 1년차 시절에 비할 바는 아니겠으나, 퇴근한 외과 전문의를 콜한다는 것은 그 경중을 따져 보았을 때 결코 만만치 않은 상황임이 틀림없기 때

문이다. 외과의사 아내 5년 차의 육감은 전화 받는 목소리와 표정만
보고도 응급 상황인지 아닌지를 단번에 눈치채는 경지에 이르렀지
만, 이번엔 내 표정이 어지간히도 애매했나 보다. 전화기를 내려놓기
가 무섭게 무슨 일이냐며 채근한다. 별일 아니라며 어물쩍 넘어가 보
려 했지만, 호기심 많은 아내를 어찌 이길쏘냐. 결국 사실대로 털어
놓고야 말았다.

"스무 살짜리 남자앤데, 군대에서 대장암 진단을 받았나 봐. 응급
실로 왔대."

"저런. 젊은 나이에 안 됐다. 그런데 그게 뭐 그렇게 못할 얘기라고
나한테 숨기려고 그래?"

"…크론병이 의심된대."

2.

내가 크론병 진단을 받은 건 신혼의 단꿈에 젖어 있던 전공의 3년차
봄이었다. 지난 일 년간 세 차례나 항문주위농양과 치루로 수술을 받
으면서도 나는 나 자신이 크론병일 수도 있겠다는 생각은 하지 않았
었다. 아니, 애써 하지 않으려 했다. 크론병의 진행 과정과 예후를 누
구보다도 잘 아는 외과 전공의로서는 그것이 속 편한 결정이었다. 크
론병 환자의 수술 동의서를 받으면서 기계적으로 주저리주저리 읊어
댔던 합병증들이 나에게 닥칠지도 모른다고 상상하는 것만으로도 소
름이 끼쳤다.

대장내시경 검사를 받아 보아야겠다는 큰 결심을 한 건 순전히 아내 때문이었다. 치루가 왜 이렇게 자주 재발하는지, 혹시 다른 이유가 있는 것은 아닌지 캐묻기 시작한 아내를 납득시킬 만한 설명이 궁색해지던 즈음이었다. 그래, 기왕 이렇게 된 거 대장내시경 한 번 받고 깨끗이 털어버리자. 차라리 잘 되었다. 애써 외면했던 마음 한구석 한 점의 의혹까지 말끔히 지워 버리리라.

하지만, 만에 하나라는 가정은 현실이 되었다.

3.

"장루[1]를 꼭 만들어야 하나요?"

응급수술을 앞둔 J의 어머니는 간절한 눈으로 나에게 물었다. 서른 살의 크론병 환자. 살아온 날보다 앞으로 살아갈 날이 더 많을 이 젊은 이가 남은 평생 가지고 살아야 할 똥주머니를 만드는 수술에 대해 동의를 요구하는 건 참으로 못할 짓이다. 말단 회장의 크론병이 심해져 소장과 에스상결장, 소장과 방광 사이에 이미 누공이 발생한 상태라 선택의 여지는 없었다. 충분한 의학적 설명을 했음에도, J의 어머니는 묻고, 또 묻다가, 끝내 닭똥 같은 눈물을 쏟아내었다.

"아직 결혼도 안 했는데…."

지금 제일 큰 문제는 당신 아들이 결혼을 하느냐 마느냐가 아니라 아들을 살릴 수 있느냐 없느냐이다 라는 모진 말이 턱 밑까지 올라오는

---

1) 복부 밖으로 장관을 꺼내어 장 내용물 제거를 목적으로 만드는 인공적인 개구부. 복부에 변주머니를 차고 변을 받아 낸다고 생각하면 이해가 쉽다.

것을 애써 삼켰다. 전화를 드릴 때마다 요즘 몸은 좀 어떠냐, 네 건강이 제일 걱정이다, 몸 챙겨가며 일하라는 말씀을 반복하시는 우리 어머니의 모습이 겹쳐 더 이상 말을 이을 수가 없었다.

병실에서 만난 J는 오히려 담담했다. 장루를 만들어야 한다는 설명에도 이미 알고 있었다는 듯 의연한 반응을 보였다. 하지만 그건 분명 어머니 옆에서 약한 모습을 보여서는 안 된다는 과장된 태연함이었다. 나는 J의 눈동자 속에 드리워진 감출 수 없는 그늘을 보았다. 수술에 대한 두려움. 장루에 대한 거부감. 미래에 대한 절망감. 그 모든 것을 가슴 속에 담아 두고 두 모자는 애써 담담함을 꾸며내고 있었다. 그것은 흡사, 설사와 체중감소로 힘들어하면서도 난 괜찮으니 엄마 건강이나 걱정하시라며 매번 엄마를 안심시키던, 바로 내 모습이었다. 병실의 무거운 공기를 더는 견딜 수 없어 수술하면 괜찮을 거라는 영혼 없는 위로를 남기고 서둘러 자리를 떴다.

4.

J의 배 속은 예상보다 훨씬 심각했다. 응급으로 말단 에스상결장루 조성술과 소장결장 우회술을 시행한 것이 불과 사흘 전이었다. 장의 염증과 부종이 심하다 보니, 우회술로 연결시켜 준 소장과 횡행결장의 문합부가 미처 아물지 못하고 누출이 발생한 것이다. 아직 채 아물지도 않은 복벽에 다시 전기소작기를 가져다 대는 순간, 악취와 함께 복강 내에 고여있던 대변이 흘러나오기 시작했다.

절대 동요하지 않으리라 다짐에 또 다짐을 하고 들어왔건만, 허사였다. 다양한 종류의 복막염 환자를 마주하면서 이런 일에는 이골이 났다고 자부했지만, 누워있는 환자가 크론병이다 보니 이야기가 달라진다. 내 배를 내가 가르는 기분. 내 배 속에 똥이 새고 있는 듯한 오싹함. 여느 수술과 다름없는 모습을 보이기 위해 무던히도 애를 썼지만, 손끝의 미세한 떨림과 터질듯한 심장박동을 나 자신에게까지 숨길 방도는 없었다. 대체 나는 왜 외과 전문의가 되어, 또 하필이면 대장항문을 세부전공으로 선택하여 스스로를 옥죄고 있는 것인지. 패혈성 쇼크 상태로 수술대에 누워있는 환자는 물론이거니와 불현듯 떠올라 집중력을 흩뜨려 놓는 오만 가지 잡생각과도 사투를 벌이고 나니 수술은 무사히 마쳤으나 몸과 마음이 만신창이가 되어버렸다.

"내일 퇴원하겠습니다."

중환자실에서 생사를 넘나드는 고비를 무사히 넘기고 상태가 안정되어 가던 입원 36일째, 하루가 다르게 수척해져 가는 얼굴로 J가 말했다. 백팔십에 가까운 키에 몸무게가 40킬로그램까지 줄어들어 꺾어 놓은 나뭇가지마냥 침대에만 누워 지내던 중이었다. 패혈증[2]에서는 완전히 회복되어 재활치료와 영양보충 외에는 딱히 해줄 것도 없는 상황이긴 하였으나, 길어진 와병으로 혼자서는 걷지도 못하면서도 환자 스스로 퇴원을 먼저 요청하다니, 이런 경우는 드물다. 환자의 갑작스런 퇴원 요구에 당황한 나는 원하는 대로 하시라고 더듬대며 겨

---

2) 감염에 대한 비정상적인 숙주 반응으로 인해 생명을 위협하는 장기 기능 장애

우 한마디 내뱉고는 도망치듯 병실을 빠져나왔다. 병실에 더 머물렀다가는, 가라고 하지도 않았는데 알아서 간다니 얼씨구나 좋다는 속내를 들킬 것만 같았다. 한 달이 넘도록 회진 때 얼굴을 마주칠 때마다 스스로를 괴롭히던 복잡한 상념들도 내일이면 거짓말처럼 사라지겠지. 퇴원이라니, 정말 감사한 일이다. J에게도, 나에게도.

5.

옛말에 중이 제 머리를 깎지 못한다고 했다. 외과의사는 제 몸은 물론이거니와 가까운 가족의 몸에도 직접 메스를 대기를 꺼린다. 환자와의 과도한 교감 때문이다. 어머니의 배를 가르면서도 냉정함을 유지하기가 어디 쉬운 일이겠는가. 그래서 상당수의 의사들은 내 가족의 집도의가 되기보다는 차라리 수술실 밖에서 마음 졸이는 보호자가 되기를 선택한다.

환자와 교감할 줄 아는 의사가 참된 의사. 의과대학 학생일 때 그렇게 배웠고, 10년여의 아직은 길지 않은 경험에 비추어 보더라도 부정할 수 없는 사실이다. 하지만 또 한 가지 분명한 것은, 지나친 감정이입은 냉철한 판단을 저해한다는 점이다. 매 순간순간 가장 현명한 판단을 해야 하는 외과의사의 입장에서는 더더욱 그렇다. 가깝지만 너무 가깝지는 않도록 환자와의 거리를 적당히 유지하는 것. 앞으로 평생 크론병 환자를 다루어야 할 입장에서 짊어져야 할 숙제다.

J가 퇴원 한 달여 만에 60킬로그램이 되어 외래에 나타났을 때 J의

두 손을 맞잡고 덩실덩실 춤이라도 추고 싶었지만, 끝끝내 참은 것도 환자와 적당한 거리를 유지해야 한다는 무의식의 발로가 아니었을지.

외로움에 대하여

　　나는 수술장 상담실 입구에 쭈그려 앉아 울고 있었다. 눈물은 흐르지 않았지만, 분명히 울고 있었다. 사방이 고요하고 스산했다. 무릎 사이에 파묻은 얼굴을 들 용기가 나질 않았다. 고개를 들면 누군가가 나를 노려보고 있을 것만 같았다. 그것밖에 안 되냐고, 겨우 그렇게밖에 못하냐고 차가운 눈초리로 힐난할 것만 같았다. 그래, 모두 다 내 탓이다. 내 책임이다. 환자의 생사라는 버거운 무게가 내 두 어깨에 오롯이 지워져 있었다. 그 누구도 책임을 나누어 질 수 없었다. 외로웠다. 너무나 외로웠다.

　처음으로 내 환자를 잃었던 건 전공의 1년차 봄이었다. CPR[3]을 종료하고, 사망 선언을 하고, 사체를 수습하고, 사망 진단서를 쓰고, 오더를 정리하고, 중환자실을 나왔는데 아무도 없었다. 기분이 이상했다. 누군가 나를 위로해 줄 것 같았는데, 아무도 없었다. 괜찮다고, 너는 최선을 다했다고, 어쩔 수 없는 일은 어쩔 수 없는 거라고, 어깨를 토닥이며 아픔을 공유해 줄 누군가가 있어 줄 것 같았는데, 아무도 없

---

3) cardiopulmonary resuscitation. 심폐소생술.

었다. 그래, 내가 잘한 게 뭐 있다고 누가 나를 위로해 줄까. 나는 담당 환자도 결국 살리지 못한 주치의인데. 공허했다. 마음 한구석이 뻥 뚫린 것만 같았다. 왈칵 눈물이 솟았다. 누가 볼까 무서워 얼른 비상 계단 문을 열고 나갔다. 아무도 없는 고요한 비상계단에서 나는 한참을 울었다. 기분이 풀릴 때까지 그야말로 꺼이꺼이 울었다. 최선을 다했는지 불가항력이었는지 따위는 하나도 중요하지 않았다. 나는 담당 환자를 떠나보냈고, 기분이 최악이었고, 울고 싶었다. 아니, 울어야만 했다. 내 오더와 처치를 기다리는 다른 서른 명의 환자들을 마주 대하려면 눈물이라도 한바탕 흘리지 않고서는 안 될 것 같았다. 그래서 울고 또 울었다. 눈물이 나서 울었고, 울어야만 할 것 같은 의무감에 울었고, 울다 지쳐 또 울었다. 시간이 흐르고 비슷한 경험이 반복되면서 충격은 희석되고 기억은 조각나 흩어져 버렸지만, 그날 그 고요한 비상계단에서 숨죽여 울던 기억만은 가슴 속에 또렷이 상처로 남아있다.

그 상처가 도졌다. 나는 상담실 앞 바닥에 널브러져 가슴을 부여잡고 마른 눈물을 흘리고 있었다. 세상에 홀로 남겨진 것만 같았다. 적막했고, 외로웠다.

모든 외과의사는 합병증의 위험을 안고 수술을 한다. 담당 환자의 합병증을 경험하지 않은 외과의사가 있다면 아마 아무것도 하지 않은 외과의사일 것이다. 합병증은 아주 사소한 것일 수도 있고 환자의 생명을 위협할 정도로 위중한 것일 수도 있지만, 원체 다양한 일들을 겪다 보니 합병증이 생긴 환자의 보호자를 대하는 것도 요령이 생겼다. 난 최선을 다했지만 이런 일이 생겼다고, 유감스럽긴 하지만 어쩔 수 없는 일이라고, 재수술이 필요한 합병증이 일정 부분 생기는 건 세계 어느 나라 어느 의사라도 마찬가지라고, 어쨌든 잘 수습했으니 회복을 기다려보자고, 이해시키고 다독인다. 하지만 재수술을 했음에도 불구하고 또 수술을 해야 하는 상황이 생겼다면 어떨까. 세 번째, 네 번째 재수술을 하면서도 담담하고 당당할 수 있을까.

　일요일 새벽, 나는 수술장에서 연이은 한숨을 내쉬며 이틀 전 닫았던 배를 다시 열고 있었다. 두 달의 입원기간 동안 네 번의 수술을 했던 환자였다. 이번이 정말 마지막이라고, 이번에야말로 잘 되었으니 지켜보자고 보호자에게 말한 것이 불과 36시간 전이었다. 불운에 불운이 겹쳤고, 상상할 수 있는 최악의 시나리오가 거듭되었다. 일어날 수 있는 일이라고, 어쩔 수 없었노라고 나를 포장하는 데에도 한계가 있었다. 난 항상 순간순간 최선을 다했지만, 최선이 항상 최상의 결과로 이어지지는 않아서, 결과가 나빠지는 그 순간부터 내가 애를 썼던 최선은 최선이 아닌 것이 되어버렸다. 어디서부터 잘못된 것일까. 결과론적인 후회가 밀려들었다. 지난 마지막 수술에서 자동문합기를 쓰지 말 걸 그랬어. 아니, 그 전 수술에서 좀 더 꼼꼼히 세척을 했어야 했어. 사실, 두 번째 수술은 하지 말았어야 했어. 그보다도, 첫 수술이 애초부터 무리였어. 결과가 좋았다면 아무런 의심도 하지 않았을 모든 과정이 후회가 되었다. 그게 무슨 소용인가. 내가 했던 모든 조치가 의학적으로는 아무런 문제가 없었을지라도, 환자가 또 수술대 위에 누워있고 내가 같은 환자의 배를 두 달 만에 다섯 번째 열고 있다는 사실은 변함이 없었다.

수술은 끝났지만, 나는 상담실로 통하는 문을 열기를 주저하고 있었다. 어차피 부딪쳐야 하는 일임을 알면서도, 누구도 나 대신 감당해 줄 수 없음을 너무나 잘 알면서도, 도망치고 싶은 유혹에 사로잡혀 나는 쉽사리 문을 열지 못하고 있었다. 문 뒤에서 기다리고 있을 체념과 원망이 두려웠다. 이번에는 정말로 괜찮은 거냐고 물어보면 뭐라고 대답해야 할지 답이 서질 않았다. 희망을 이야기할 수도, 혹시 모를 또 다른 불운을 이야기할 수도 없었다.

어떻게 문을 열었는지, 무슨 말을 했는지 잘 기억이 나지 않는다. 아무 말이나 주워섬기다가 정신을 차려 보니 환자의 아들은 모든 것을 이해한다는 표정으로 듣고 있었다.

"아마 2년 전부터였던 것 같아요."

환자의 아들이 돌연 입을 열었다.

"2년 전이었어요. 아버지께서 교통사고를 크게 당하셨던 게."

갑작스러운 이야기에 내가 말문이 막혀 버렸다.

"큰 사고였어요. 오른팔 전체에 큰 화상을 입으셨고, 손가락도 잘라내야 할 정도로 상황이 심각했습니다. 생사를 넘나들었는데, 아버지는 결국 살아나셨습니다."

아들은 마른침을 삼키더니 말을 이었다.

"그리고 얼마 지나지 않아 또다시 위기가 왔습니다. 대변을 보지 못하고 배가 불러와 응급실에 왔더니 직장암 폐색에 간 전이라고 했어요. 장루를 만들어야 한다고 했습니다. 절망했어요. 고비를 겨우 넘겼는데, 여기까지인가보다, 운명인가보다 했어요. 그래도 아버지는 꿋꿋이 버티셨어요. 그 독한 항암제 맞으면서도 힘든 내색 한 번 안 하셨으니까요. 저는 여기까지 온 것만으로도 저희 아버지가 정말 대단하시다고 생각합니다."

아들은 회한에 잠긴 듯 잠시 말을 멈췄다. 눈가에 눈물이 촉촉했다.

"욕심이었나 봐요. 장루 가지고 그냥 사는 건데, 그 정도로 만족했어야 하는 건데. 욕심이었죠. 아마 2년 전부터 이렇게 될 운명이었나 봐요."

나는 아무 말도 하지 못하고 아들을 바라보기만 했다. 무슨 말을 건네야 좋을지 알 수가 없었다. 긴 침묵 끝에 힘겹게 부끄러운 한마디를 내뱉었다.

"잘 회복하실 겁니다. 기다려봅시다."

"네, 그래야죠."

아들은 일어서며 구십 도로 인사를 했다.

"감사합니다, 선생님."

차라리 비난을 했더라면, 내 멱살을 잡고 왜 이렇게 되었느냐고 항의라도 했더라면, 내 마음이 조금은 더 가벼워졌을까. 아들의 인사는 겉치레가 아닌 진정 고마움을 담은 인사였다. 내가 과연 진심 어린 감사를 받아도 될 자격이 있는 것일까.

상담실 문을 나서다가 다리가 풀려 그 자리에 주저앉아 버렸다. 그대로 다리 사이에 고개를 파묻었다. 지독한 외로움이 밀려왔다. 사방이 조용했고, 나는 혼자였다.

얼마나 앉아있었을까. 고개를 들어 시간을 확인한 건, 배가 고파서였다. 환자 상태를 확인하고 정신없이 응급수술을 하느라 밤새 물 한 모금 넘기지 못한 채 날이 새 있었다. 배가 고플 정신이 남아있다는 사실에 쓴웃음이 나왔다. 아무리 고민해 봤자, 나 역시 나약한 한 인간에 불과했다.

힘을 내야 했다. 힘을 내지 않으면 안 되었다. 공교롭게도 일 년에 한두 번 할까 말까 하는 큰 수술이 내일 아침 일찍부터 예정되어 있었다. 내일 하루 온종일을 수술장에서 버티려면 몸과 마음을 추슬러야 했다. 내가 무너지면 안 된다. 오로지 나 하나만 바라보고 매달리는 다른 환자들을 잊어서는 안 되었다. 어떻게든 힘을 내야 했다.

툭 털고 일어섰다. 아침으로 해장국 한 그릇 하고 얼른 집에 가서 침대에 몸을 뉘어야겠다고 생각하며 수술장을 나섰다. 새벽 봄바람이 제법 싸늘했다.

부모 된 자의 마음이란 무릇

대학 시절 나는 산악부에 소속되어 있었다. 인수봉 의대길을 개척하신 선배님들의 뜻을 이어받아 암벽등반을 목표로 하는 정통 산악부였지만, 동아리 본연의 목적보다는 좋은 사람들과의 술자리가 주된 관심사였던 나는 동아리 활동 자체는 게을리했다. 그러면서도 방학 때마다 떠나는 원정 산행은 웬만하면 빼먹지 않고 참석했는데, 설악산 능선 종주도 하고 백두대간 종주도 하고 여하튼 일주일씩 산에 틀어박혀서 먹고 자는 것이 너무도 좋았기 때문이다. 고된 하루 산행을 마무리하고 텐트에 오순도순 둘러앉아 소주 한 잔씩 나눠 들고 산새 소리 바람 소리를 벗 삼아 뽑아 대던 노랫가락 한 자락 한 자락이 그렇게도 좋을 수 없었다.

나의 원정길에 놓인 단 하나의 장애물은 부모님이었다. 등산을 좋아하시는 분들이라 산악부 활동 자체를 싫어하시지는 않았지만, 겨울 원정은 절대 불가 방침을 고수하셨다. 예과 1학년 때는 운세까지 들먹이시며 겨울을 조심해야 한다고 하도 성화를 부리시는 통에 방학 내내 대구에 붙들려 있어야 했고, 예과 2학년 때는 본과 준비 스터디를 한다고 말도 안 되는 거짓말을 하고 부모님 몰래 다녀왔다. 그 이듬해에는, 거짓말한 것이 못내 마음에 걸려 몰래 다녀온 것까지 사실대로 다 털어놓고 꼭 가고 싶다고, 가야 한다고 부모님을 설득했다. 아버지는 완강하셨다.

"절대 안 된다."

"아버지, 조심해서 다녀올게요. 걱정 안 하셔도 된다니까요."

"그래도 안 돼."

"위험한 짓 안 한다니까요. 왜 이리 걱정이 많으실까."

"너는 아직 부모 마음 모른다. 너도 부모 돼 봐라, 인마."

"그럼 허락하시는 것으로 알고 다녀오겠습니다."

"몰라. 아빠 화났다."

쉰이 넘은 아버지는 스물두 살 아들에게 정말 이렇게 말씀하시고는 전화를 툭 끊어 버리셨다. 아직도 내가 어린아이라고 생각하시는 건가. 영 마음이 불편했지만, 나는 도저히 겨울 원정의 낭만을 포기할 수 없었다. 다행히 별 탈 없이 겨울 원정은 끝이 났고, 무사히 다녀온 이후에야 아버지는 어느 정도 누그러지셨다.

몇 해가 지나 나는 졸업을 했고, 의사 면허를 땄고, 연애했고, 결혼을 했고, 얼마 지나지 않아 떡두꺼비 같은 아들을 낳았다.

'부모가 되어 봐야 부모 심정을 안다.'

아비가 되고 나서야 비로소 실감이 나기 시작했다. 아들 하나를 사람으로 만들기 위해 쏟아붓는 사랑과 헌신은 실로 어마어마했다. 무조건적인 사랑이 아니면 도저히 할 수 없는 것이 육아였다. 세상 모든 부모는 위대하다는 말이 틀린 말이 아니었다. 부모님의 사랑이 얼마나 큰지 알고 있다고 생각했었지만, 내가 아비가 되고 나니 그 생각은 실로 같잖은 것이었다. 아비가 되기 전에는, 어미가 되기 전에는 부모의 사랑을 절대 알 수 없다. 느낄 수도 없고, 설명해 줄 수도 없다. 부모의 사랑이란 오로지 부모가 되어 직접 그 사랑을 베풀어 보아야만 알 수 있는 종류의 것이었다. 아버지께서 왜 그렇게 겨울 원정을 반대하셨는지를 조금은 이해할 수 있을 것 같았다. 왜 스무 살 넘은 아들을 물가에 내놓은 아이처럼 여기셨는지도 내 스스로가 아비가 되고 나서야 어느 정도는 알 것 같았다.

아비가 되고 나니 뉴스 하나하나가 허투루 보이지 않았다. 어린이집에서 아동 학대 사건이 일어날 때마다, 어린이 실종 사건이 발생할 때마다, 나는 가슴을 쳤고 눈물을 흘렸다. 세월호 사건이 터지고 난 무렵에는 뉴스를 보기가 두려웠다. 문득 생각날 때마다 울컥 눈물이 솟았다. 내 아이들이 세상에서 사라지고 나만 덩그러니 남게 된다는 상상만으로도 몸서리가 쳐졌다. 내가 이런데, 당사자인 부모님들의 애끓는 마음이야 오죽할까.

몇 해 전 봄, 20년지기의 동생이 세상을 떠났다.

내가 분당서울대병원에서 전임의로 근무하던 시절, 친구에게서 전화가 왔다. 요막관낭종이 뭐냐고 했다. 요막관낭종은 방광의 발생 과정에서 정상적으로는 막혀야 되는 구조물이 출생 후에도 남아있는 질병인데, 염증이 생기는 경우가 많아 수술을 해 주어야 한다. 왜 그러냐고 물으니, 동생이 혈뇨가 있어서 검사를 했는데, 요막관낭종이 발견되어서 수술을 받는단다.

"수술은 꼭 해야 돼. 염증이 반복해서 생기고, 드물긴 하지만 암으로 진행되는 경우도 있거든."

말이 씨가 된다고 했던가. 이 말을 한 것을 얼마나 후회했는지 모른다. 병리검사 결과 요막관암으로 나왔다는 소식을 들었을 때 가슴이 철렁했다. 입이 방정이지, 괜한 말을 했다. 왠지 내 탓인 것만 같았다.

가끔씩 들려오는 소식은 그다지 희망적이지 않았다. 재발했다고 했고, 복막파종이 생겼다고 했고, 항암도 중단하고 쉬고 있다고 했고, 복수가 차서 힘들다고 했고, 흉수가 차서 숨이 가쁘다고 했다. 내가 해줄 수 있는 일은 아무것도 없었다. 그러던 어느 날, 근무시간에 친구에게서 전화가 왔다. 근무시간에 전화라니, 불길한 예감이 스쳤다.

"왜 무슨 일이고."

친구는 전화를 걸어 놓고 아무 말이 없었다. 전화기 너머로 흐느낌이 전해졌다.

"…어딘데."

"아이다, 바쁠 긴데 무리해서 먼 길 안 와도 된다."

미친놈. 지랄하네.

"카톡으로 주소 찍어놔라. 이따가 저녁 늦게 갈게."

오지 말란다. 미친놈. 또라이 같은 새끼. 전화를 끊고 한바탕 욕을 했다. 친구에게 하는 욕인지, 나 자신에게 하는 욕인지, 세상을 향해 하는 욕인지 대상조차 불분명한 욕지거리였다. 이렇게라도 하지 않으면 안 될 것 같았다.

장례식장을 다녀오는 마음은 무겁기 그지없었다. 달빛조차 없는 고속도로는 유난히도 쓸쓸했다. 어쩔 수 없는 건 어쩔 수 없는 거야. 버릇처럼 되뇌다 울컥 눈물이 솟았다. 바보같이 내가 왜 우는 거야. 애써 진정해 보려 했지만 눈물은 멈추지 않았고, 눈물이 앞을 가려 더 이상 운전을 할 수가 없는 지경에 이르렀다. 비상등을 켜고 때마침 나타난 졸음쉼터에 차를 정차시켰다. 운전대에 얼굴을 파묻고 한참을 들썩이며 울었다. 동생을 잃은 친구에 대한 연민 때문이 아니었다. 터져버린 눈물은 자식을 잃은 친구 어머니에 대한 죄스러움이었다. 장례식장 골방문을 굳게 닫고 넋이 나간 채로 앉아 계시던 어머니의 잔영이 계속 맴돌았다. 대한민국 의사 면허를 가진 자로서 갓 서른 된 젊은이를 암으로부터 지켜내지 못했다는 근원적인 죄책감이 지워지지를 않았다. 내 탓이 아닌 것을 알면서도 내 탓이 아닌 것이 아니었다. 형 친구가 의사이면 뭐해. 결국은 아무 소용도 없어. 누군가의 소리 없는 외침이 환청처럼 울렸다. 나는 울고, 또 울었다.

마치 통속 소설의 클리셰처럼, 몇 달 후 친구의 딸이 태어났다. 삼

촌이 세상을 떠나며 선물해 준 사랑이요, 축복이 아닐까라는 생각이 문득 들었다. 아무런 근거는 없지만, 왠지 정말로 그런 것만 같았다. 무릇 자식은 가슴에 묻는다고 했다. 자식을 먼저 떠나보낸 친구 부모님의 마음을 생각하면 여전히 마음 한구석이 아리다. 어떤 말로도 위로가 되지 않을 것을 알고 있기에 장례식장에서도 손만 맞잡고 아무말씀도 드리지 못했지만, 이 말씀은 꼭 드리고 싶다. 분명 좋은 곳에서 편히 쉬고 있을 겁니다. 무럭무럭 자라는 조카를 보며 미소 짓고 있을 거예요. 꼭 그럴 거라고 확신합니다. 분명히 그럴 거예요. 분명.

나도 때로는 배우이고 싶다

「슬기로운 의사생활」 시즌 2는 여전한 인기를 자랑 중이다. 의사의 입장에서 보아도 비교적 사실적인 에피소드들이 배우들의 맛깔난 연기와 버무려져 명품 드라마를 만들어내고 있다. 그럼에도 나는 「슬기로운 의사생활」을 가끔 볼 때면 어딘가 이질적인 느낌을 지울 수가 없다. 굉장히 현실에 가까운 수술 장면, 감정선을 건드리는 이야기들, 그리고 그것들을 훌륭하게 소화해 내는 배우들의 연기까지 어디 하나 흠잡을 데가 없는데도 드라마가 끝나고 나면 '그래 저건 드라마일 뿐이야.'라는 생각이 먼저 든다. 대체 이유가 무엇일까 곰곰이 생각하다가 내린 결론은, 등장인물들이 '의학적으로' 너무 완벽하기 때문이라는 것이다.

나는 지난주에도 합병증으로 재수술을 했다. 15센티미터에 달하는 직장암이 골반을 가득 채우고 있던 환자였다. 환자와 보호자는 가능하면 장루를 만들지 않기를 원했지만, 수술이 워낙 어렵게 진행되었고 항문에다가 대장을 직접 연결한 데다가 부분 폐색으로 장정결도 제대로 되지 않았던 터라 회장루를 만들지 않을 수가 없었다. 그럼에도 불구하고 수술 후 사흘째 우려했던 문합부 누출이 발생하였고, 설상가상으로 누출된 대변이 골반벽을 자극하여 출혈까지 발생하는 바람에 긴급하게 재수술을 해야 하는 상황이었다. 마음은 급한데 비어 있는 수술방이 없어 초조하게 기다려야 했고, 세 시간을 기다려 겨우 시작한 응급수술에서는 출혈 부위를 찾은 후에도 지혈이 잘 되지 않아 애를 먹다 보니 욕도 하고 소리도 지르고 나라는 인간의 바닥을 끝까지 드러내고야 말았다.

「슬기로운 의사생활」이 이전의 다른 의학드라마에 비한다면 비교할 수 없이 사실적임에도 불구하고 여전히 비현실적으로 다가오는 이유는, 등장하는 주요 외과계 – 외과 흉부외과 신경외과 산부인과 – 의사들이 하나같이 수술에 성공하고 환자들은 잘 회복하는 해피 엔딩만을 보여주기 때문이다. 현실의 의료는 절대 그럴 수 없다. 인간이 하는 일이 마냥 다 잘 될 수는 없다. 수술을 아무리 잘하는 의사라도 합병증은 생기기 마련이고, 긴박한 상황에서도 평소의 유머러스함을 그대로 유지하기는 불가능에 가깝다. 모든 수술에 성공하는 의사라면 그건 사람이 아니라 수술의 신일 터이고, 외과의사의 눈으로 본다면 「슬기로운 의사생활」은 수술의 신이 주인공인 판타지일 뿐이다.

하긴, 현실을 있는 그대로 다 보여주면 드라마가 안 되겠지. 드라마는 어디까지나 판타지여야 하니까. 흙수저가 재벌 2세와 결혼해야 드라마가 잘 되는 법이니까.

진료를 보다 보면 내가 잘 훈련된 한 명의 연극배우 같다는 느낌을 받을 때가 가끔 있다. 나는 의사 역할을 맡은 배우, 내 앞에 있는 사람은 환자 역할을 맡은 배우. 직장암 수술 후에 대변 조절이 안 된다고 불평을 늘어놓는 환자 역할을 맡은 배우가 나가고 나면 수술에 대한 걱정으로 온갖 푸념을 시작하는 신경증 환자 역할을 맡은 배우가 들어오는 한 편의 연극. 이 한 편의 연극이 끝나고 나면 나는 이 모든 상황에서 완전히 벗어나 의사 역할을 하고 있는 배우가 아닌 일상으로 돌아갈 것 같다는, 그랬으면 좋겠다는 느낌. 일종의 이인증[4] 같은 것일까.

의과대학 학생들은 누구라도 표준화 환자 교육을 받는다. 특정 상황에 맞는 환자 역할을 맡은 배우를 직접 문진하고 진찰해 보는 실습이다. 이런 교육은 내가 학생일 즈음부터 시작되었는데, 요새는 의사 면허시험에 표준화 환자 진료가 포함되어 있어 반드시 거쳐야 하는 과정이다. 표준화 환자 실습과 관련해서 도저히 잊을 수 없는 몇몇 에피소드들이 있는데, 그중에서도 가장 기억에 남는 것은 응급의학과 교수님께서 천식 발작을 일으킨 환자 역할을 하셨을 때다. (물론 우리는 어떤 상황인지를 전혀 모른 채 실습을 시작했다.) 너무 실감 나게 연기를 하셔서 당장 어떻게 해주지 않으면 정말로 환자의(교수님의) 숨이 넘어갈 것 같았던 터라 의사 역할을 맡았던 나와 친구들 셋이서 어쩔 줄을 모르고 있었는데, 누군가 한 명이 "에피네프린 주어야 하는 거 아

---

4) depersonalization. 주변 환경이 비현실적인 것으로 느껴지거나 그와 분리된 듯한 느낌.

니야?"라는 말을 꺼내길래 그게 무슨 약인지 깊이 생각할 겨를도 없이 에피네프린 한 앰플을 정맥 주사(하라고 지시)하는 바람에 결국 환자에게 고소를 당하는 것으로 마무리가 되었다는 웃지 못할 이야기다. (참고로 에피네프린은 심폐소생술을 하거나 아나필락시스 쇼크 때에나 쓰는, 무서운 약물이다.)

이런 이야기를 웃으면서 할 수 있는 것은, 그 상황이 지나고 나면 모든 것이 없었던 일이 되고 다시 현실로 돌아오기 때문이다. 실제 응급의학과 교수님은 에피네프린을 맞지 않았고 (그랬다면 심장 발작으로 정말 돌아가셨을지도 모른다) 언제 그랬냐는 듯 고른 숨을 내쉬며 우리를 한심하게 쳐다보셨다. 단지 우리가 환자를 죽일뻔한 멍청이들이 되었을 뿐 아무것도 달라진 것은 없었다.

그러나 의사로서의 나의 삶은 리셋이 불가능하다. 모든 환자가 바람대로 좋아지면 얼마나 좋을까마는 외과 수술이 항상 바람직한 결과를 얻어 낼 수는 없고, 어쩔 수 없이 합병증이 생길 때면 환자와 보호자의 원망을 듣는 것은 물론 때로는 환자 보호자에게 삿대질을 당하거나 멱살을 잡히기도 한다. 이들이 그저 배우라면 얼마나 좋을까. 내 눈앞의 환자가 사실은 수술받고 합병증이 생겨 누워있는 환자 역할을 하는 배우라면. 환자 옆에서 도끼눈을 하고 쳐다보고 있는 저 사람이 실제로는 한 성격 하는 환자의 아들 역할을 맡은 배우일 뿐이라면. 이 연극이 끝나고 나면 아무 일 없었던 것처럼 서로 수고했다고 인사하고 집으로 돌아갈 수 있다면. 하지만 그들은 현실 그 자체고 나에게는 이들로부터 도망쳐 돌아갈 수 있는 또 다른 현실이 없다.

　가끔은 내가 「슬기로운 의사생활」에 등장하는 배우였으면 좋겠다는 생각이 든다.
　수술 까짓거 완벽하게 끝내고 나와서 막 장난치고 밴드 연습하고 그러는 연기, 정말 완전 잘 할 수 있는데.

────── 당신, 정말 잘하고 있어요

어제는 혼자서 TV를 보다가 울었다. 영화도 아니고, 드라마도 아니고, 「미스터트롯」을 보다가 울었다. 밤샘 응급수술과 이어진 세 건의 정규수술이 끝나고 지쳐 집에 돌아와 아이들이 모두 잠든 늦은 밤 거실 소파에 혼자 앉아 멍하니 넋 놓고 TV를 보다가 눈물을 펑펑 쏟았다. 갱년기도 아닌데 눈물이 많아지는 것 같다.

TV에서는 초록색 정장을 입은 남자가 등장해서 방방 뛰어다니며 노래를 부르고 있었다. 공채 개그맨 출신이라는데, 어디서 본 적이 있는 것도 같았다. 저렇게 뛰면서 노래를 부르는 게 쉽지 않은데 잘하네. 심사위원들로부터 만장일치 합격을 받았다. 뭐, 저 정도면 잘했으니까. 그런데 남자는 이어진 인터뷰에서 전혀 뜻밖의 말을 했다.

"제가 얼마 전에 크론병 진단을 받고 큰 수술을 받았어요."

남자는 말을 이었다.

"사실 제가 원래 더 잘 뛰어다니거든요. 그런데 수술받은 이후로 회복이 안 되더라고요. 운동을 아무리 해도 체력이 회복이 안 돼요. 2분 무대 하는데 잘 마칠 수 있을까 걱정이 되었어요. 그런데 올하트를 받을 줄은…."

남자는 감정이 복받쳐 입술을 깨물고 눈물을 흘렸다. 나도 같이 눈물을 흘렸다. 얼마나 힘들었을지 나는 안다. 예전과 같지 않아 속상한 그 기분, 나는 안다. 건강했던 예전으로 영원히 돌아갈 수 없을지도 모른다는 절망과 두려움, 나는 너무나 잘 안다. 남자의 춤이 슬로모션으로 다시 재생되고 있었다. 남자는 정말 이를 악물고 춤을 췄다. 의심과 두려움을 감추고 모든 것을 바쳐 노래하고 춤을 췄다. 한잔하라며 신명나게 권주가를 불러 젖혔다. 신명 뒤에 숨은 남자의 간절함이 절절히 전해져 나는 울었다. 울 수밖에 없었다.

"왜 이렇게 말랐어요?"

오랜만에 만나는 지인들의 첫마디는 항상 이렇게 시작한다. 이제 새로울 것도 없다. 내가 마른 것은 사실이고, 이변이 없는 한 앞으로도 계속 말라 있을 예정이기 때문이다. 내가 지금처럼 마르기 전 모습만 기억하는 지인들은 예전과는 다르게 삐쩍 마르고 핼쑥한 내 모습이 어색하기도 하고 어디가 아픈 건 아닌지 걱정되기도 할 테니, 그들이 그렇게 물어보는 것이 이상한 건 아니다. 그들의 의도가 악하지 않다는 것을 나는 잘 안다. 다만, 내가 말랐다는 사실을 새삼 상기시켜 주는 그 상황이 너무나 싫을 뿐이다.

"다이어트 해요."

피식. 웃어넘긴다.

'어디 아픈 거 아니냐고요? 아픈 거 맞아요. 사실은 제가 크론병 환자입니다. 만날 배 아프고 설사하는 병이고요, 당연히 살이 빠져요. 살만 빠지는 게 아니라 체력도 같이 떨어져서 남들보다 빨리 지쳐요. 자, 이제 속이 시원하세요?'

이럴 수는 없지 않은가.

지치고 힘들다는 사실보다도, 남들의 눈에 내가 힘들게 비치는 것이 더 싫다. 어제 「미스터트롯」에서 이를 악물고 춤을 추던 초록색 정장의 남자는 온몸으로 말하고 있었다. 나는 아무렇지도 않아요. 비록 크론병이라는 이름도 생소한 병을 진단받았지만, 아무렇지도 않아요. 나는 여전히 노래하고 춤을 출 것이고, 달라진 것은 아무것도 없어요.

나는 그 모습에서 나를 발견했다.

이봐요, 초록색 정장을 입고 무대를 휘젓고 있는 당신. 당신에게 정말 해주고 싶은 말이 있어요. 당신, 정말 잘하고 있어요. 지금까지도 잘해 왔고, 앞으로도 잘 해낼 수 있을 겁니다. 저도 잘하고 있으니, 우리 같이 잘해 봅시다.

의사의 품격

내가 병원을 옮기고 나서 놀란 것 중의 하나는 의사들의 복장이 비교적 자유롭다는 점이었다. 서울대병원에서 근무할 때는 다수의 의사들이 와이셔츠에 넥타이를 하고 다녔고, 거의 모든 의사들이 구두를 신었다. 그래서인지 병원을 옮긴 후 다른 교수님들이 가운 안에 니트나 스웨트 셔츠를 입고 운동화를 신고 다니는 모습은 어색하기 짝이 없었다. 하지만 아무도 이를 지적하지 않았고, 아무도 지적하지 않는 것을 알고 난 후에는 어색하지 않게 되었고, 어색하지 않게 되자 그것이 훨씬 더 편해 보였다. 그래서 나도 복장을 바꾸기로 했다. 검은색 스니커즈를 신기 시작했고, 캐주얼 셔츠와 니트, 여름에는 피케셔츠를 주로 입고 다닌다. 그리고 여전히 누구도 복장에 대해서 지적을 하지 않는다.

뭐가 옳다 그르다 말할 수는 없지만, 이건 조직의 경직성 혹은 유연성과 관련해서 분명히 생각해 봄직한 문제인 듯하다. 의사가 와이셔츠에 넥타이를 꼭 해야 하는 이유가 있을까? 혹자는 환자에 대한 예의라고 말하는데, 꼭 와이셔츠에 넥타이가 아니더라도 깔끔한 복장이

기만 하다면, 아무런 문제가 안 되지 않을까? 그저 예전부터 그렇게 입어 왔으니까, 왠지 그래야만 할 것 같으니까 이전 관행을 유지하고 있는 것은 아닐까? 마치 학생은 학생다워야 한다는 이유로 앞머리 3센티미터 뒷머리 막깎기라는 교칙을 21세기가 되던 해에도 유지했던 나의 모교 고등학교처럼.

아직 여러 과에 관심이 많던 인턴 시절, 외과계 모 과 인턴이었던 4월 한 달은 끔찍하기 짝이 없었다. 군대식 상명하복을 강조하는 과 분위기가 가장 큰 이유였지만, 흰색 와이셔츠에 검은색 혹은 남색 계통의 넥타이, 검은색 계열의 정장바지, 검은색 정장구두를 강요하는 복장 규정도 한몫했다. 혈액 샘플은 물론이고 관장이나 도뇨관 삽입 등 온갖 수기를 해야 하는 인턴의 입장에서 가운 복장은 전투복이나 다름없는데, 전투복 안에 흰색 와이셔츠와 넥타이, 정장바지, 거기다가 정장구두라니! 나는 아직 익숙하지 않은 수기를 불편한 복장으로 해내느라 땀을 뻘뻘 흘려야만 했고, 스케줄까지 바꿔가며 친해져 보고자 했던 해당 과는 4월 인턴이 끝남과 동시에 완전히 마음에서 멀어져 버렸다.

외과는 복장에 대한 규제가 상대적으로 덜하기는 했지만, 와이셔츠에 넥타이, 구두를 착용하기를 원하는 것은 다를 바 없었다. 그래도 수술복 위에 가운을 입고 다니는 것은 용인해 주었기 때문에, 전공의 1년차 시절에는 거의 365일 내내 수술복만 입고 다녔다. 그중 유난히 전공의들의 복장에 깐깐하게 굴던 교수님이 계셨는데, 이유는 잘 모르겠지만 나만 보면 뭐가 그리 마음에 안 드시는지 온갖 트집을 잡아 혼내곤 하셔서 저 먼발치에서 그림자만 보여도 도망다니고는 했다. 하루는 더 이상 혼나서는 안 되겠다, 오늘은 정말 잘해 봐야지 마음을 먹고 평소에 입지 않던 와이셔츠까지 갖춰 입고 회진 준비를 완벽하게 끝낸 후 교수님을 기다렸다. 마침내 병동에 모습을 드러내신 교수님은 아니나 다를까 나를 보자마자 소리를 지르셨다.

"인마, 너는 그래서 되겠어? 앙?"

와이셔츠에 넥타이까지 갖추고 막 가운실에서 가져온 가운까지 입고 있는데 뭐가 문제일까, 어리둥절해 하고 있는데 교수님께서 한마디 덧붙이셨다.

"의사가 검은색 와이셔츠를 입으면 환자들이 뭐라고 생각하겠어? 저승사자라고 느끼지 않겠어? 앙?"

말문이 턱 막혔다. 별걸 가지고 다 뭐라고 하는구나. 검은색 와이셔츠가 저승사자처럼 보인다는 말은 생전 처음 들었다. 「하얀거탑」에 나오는 김명민은 검은색 와이셔츠 잘도 입던데, 말쑥하고 스마트해 보이기만 하더구만. 유행 따라 나도 한번 입어보겠다며 검은색 와이셔츠를 구입한 나 자신을 원망해야 하나 잠시 생각했지만, 검은색 셔츠를 입은 의사는 저승사자처럼 보일 것이라는 말에는 도저히 수긍할 수 없어 아무런 대답도 안 하고 입만 삐죽거리고 있었더니, 교수님이 지적하시는데 듣고 있는 태도가 불량하다며 여지없이 깨졌다. 아, 나는 이 사람과는 도저히 궁합이 안 맞아서 같이 일을 못 하겠구나, 절실히 깨닫고는 남은 4년 전공의 수련 기간 내내 피해 다녔다.

나는 혁신적인 생각은 틀에 갇히지 않은 자유로움에서 비롯된다고 믿는다. 조직 구성원들이 경직된 사고에 얽매여 있어서는 발전하는 조직이 될 수 없다. 병원도 마찬가지라고 생각한다. 넥타이는 결혼식 하객으로 갈 때나 맬 일이다. 넥타이는 의사에게는 각종 감염병의 매개체일 뿐, 의사에게 와이셔츠에 넥타이를 강요하는 것은 구시대적 발상이다. 캐주얼 셔츠 차림으로도 깔끔한 인상을 줄 수 있으면 그것으로 충분하지 않을까? 환자들이 원하는 것은 실력 있는 의사이지, 격식을 차리는 의사가 아니다.

응급을 부르는 주문

올겨울 눈 한 번 내리지 않더니 첫눈으로 폭설이 내렸다. 눈 예보가 있어 평소보다 일찍 일어나 서두른 덕에 무사히 출근하긴 했지만, 눈은 내가 생각했던 것보다 훨씬 더 많이 왔다. 평소 십오 분 걸리던 출근길이 삼십 분이나 걸리긴 했어도, 하얀 눈으로 뒤덮인 무등산을 끼고 달리는 출근길은 기분이 꽤나 상쾌했다.

의료계 속어 중 '유비무환'이라는 말이 있다. 비가 오면 환자가 없다는 말이다. 실제로 비가 많이 내리면 '굳이 이 비를 뚫고 가는 수고를 감수하고 싶지 않은' 경증 환자들의 응급실 방문이 현저히 줄어들기 때문에, 이 말은 경험적으로 매우 사실이다. 이 법칙은 눈이 많이 내릴 때도 비슷하게 적용된다. 다만 눈이 내리면 낙상 환자는 많아지는데, 대장항문을 전문으로 하는 외과의사의 입장에서는 크게 신경 쓸 일이 아니다. 하지만, 뒤집어 말하면, 이 눈보라를 뚫고 기어이 응급실로 오는 환자는 상당히 중환인 경우가 많다.

아침 컨퍼런스 때, K 교수님께서 말씀하셨다.

"치프는 이제 얼마 안 남았네. 2주 남은 기간 동안 될 수 있는 한 많이 배우고 가도록 해. 응급도 많이 해보고."

응, 급, 도, 많, 이, 해, 보, 고, 라니. 교수님께서 "요즘은 응급이 영 뜸하네." "병동 입원 환자가 너무 적은데?" "요새 병동이 참 평온하다." 따위의 말을 한 날은 신기하게도 어김없이 응급수술이 생기곤 했다. 그야말로 응급수술을 부르는 주문이었다. 오늘은 이전에 들어본 적이 없는 새로운 주문이다.

"응급도 많이 해보고."

교수님, 오늘은 제가 당직입니다만. 허허허.

창밖에는 여전히 앞이 보이지 않을 정도로 눈보라가 휘몰아치고 있었다.

교수님의 주문과 '유설무환(有雪無患)'의 법칙. 과연 어느 기운이 더 셀 것인가?

수술이 급하지 않은 협진 환자 수술을 내일로 미루고 오늘은 기필코 해가 지기 전에 저 눈보라를 이겨내고 퇴근하리라 의지를 불태우던 참에, 전공의에게 전화가 왔다.

"목포 H병원에서 전원 문의가 하나 왔는데요."

뭔가 음산한 기운.

"colon perforation(대장 천공)으로 인한 panperitonitis(범발성 복

막염)라고 합니다.”

아, 불길한 예감은 어찌 이리도 틀리지를 않는지. 힘이 쭉 빠진다. 우리 병원은 전원 문의의 피라미드가 있다면 그 꼭대기에 위치한 병원이어서, 전원을 받지 않을 수도 없고 보낼 만한 다른 병원도 없다. 한숨을 푹 내쉬고 마지못해 말했다.

“…오시라고 하세요.”

교수님의 주문은, 눈보라를 뚫고 기어이 응급실로 올 수밖에 없는 중환을 불러들이고야 말았다. 창밖에는 눈이 한창이고, 해는 저무는데, 나는 응급수술을 기다리고 있다.

몰래 흘리는 눈물

나는 어려서부터 눈물이 많았다. 슬퍼서 울었고, 억울해서 울었고, 기뻐서 울었다. 남들 앞에서는 어떻게든 우는 모습을 보이기 싫어서 이를 앙다물고 참으려 노력했지만, 벌게진 눈과 끅끅거리는 소리까지 숨길 도리는 없었다. 여섯 살 때는 TV로 「엄마 없는 하늘 아래」를 보다가 목놓아 울어 부엌일을 하시던 어머니를 놀라게 했고, 고등학교 때는 영화관에서 「파이란」을 보다가 숨죽여 우는 모습을 친구에게 들키기도 했고, 2002년 월드컵 이탈리아전에서 안정환 선수가 역전골을 넣었을 때는 그야말로 대성통곡했다. 어른이 되고 나니 다른 사람 앞에서 눈물을 보이는 일은 거의 없어졌지만, 뒤돌아 혼자 눈물짓는 습관은 여전히 남아있다.

이것은 좋게 해석하면 '공감 능력'이지만 나쁘게 말하면 '감정 과잉'이다. 환자를 직접 상대해야 하는 임상 의사, 그중에서도 특히나 냉정을 유지해야 하는 외과의사의 입장에서는 감정의 과잉이 진료에 방해가 되어서는 안 되기 때문에 나는 가능한 한 환자의 감정에 과도하게 이입되지 않으려 노력한다. 물론 그게 항상 잘 되는 것은 아니어서 환자나 보호자 앞에서 눈시울이 붉어지는 경우가 한두 번이 아닌데, 그럴 때마다 입술을 깨물고 참아내는 것이 여간 고역이 아니다. 말기 암 환자를 상대해야 할 때는 더더욱 그렇다.

C의 배 속은 말 그대로 돌덩어리였다. 충수돌기암으로 수술받을 당시부터 퍼져있던 복막전이는 거듭된 항암치료에도 나아질 기미가 없이 진행하기만 했고, 마침내는 C의 장(腸)을 전부 잠식해 버렸다. 어느 한 군데 정상적인 장을 찾을 수가 없었다. 조금이라도 쓸만한 장을 확보해야 장루라도 만들 수 있을 텐데, 어디라고 할 것도 없이 복강 전체에 퍼져 버린 복막전이는 배 속 모든 장을 틀어쥐고 놓아주지를 않고 있었다. 그야말로 속수무책이었다. 미련을 버리지 못하고 복막전이암과 함께 한 덩어리로 붙어버린 장을 만지작거리고 있는 나에게 제1 조수로 들어와 있던 치프 전공의가 물었다.

"더 진행하실 건가요?"

안다. 더 이상 진행할 수 없음을 내가 제일 잘 안다. 그래서 화가 난다. 50대 창창한 나이에 암으로 생을 마감하게 될 C의 운명에 화가 나고, 그 운명을 되돌리지 못하는 나 자신의 무능력에 더 화가 난다. 장루라도 만들어 줄 수 있었으면 조금은 마음이 편했을 것을. 배를 열었지만, 아무것도 해주지 못하고 닫아야 한다는 사실을 스스로가 받아들일 수 없었다. 그만 닫자는 말이 목구멍까지 차올랐지만 차마 입 밖으로 꺼낼 수가 없었다. 그건 이제 그만 포기하자는 선언과도 같았다.

말이 되어 나오는 순간 사람을 살리는 의사라는 내 자존감이 바닥으로 추락해 버릴 것만 같았다.

"젠장."

사람을 살리는 의사라는 자부심 따위, 허세에 불과했다.

그리고 이제, 이 소식을 보호자에게 전해야 할 차례였다.

상담실에서 C의 아내와 마주했다. 아내는 이제 수술을 받았으니 괜찮아질 거라는 기대를 한가득 품은 채 나를 기다리고 있었다. 나는 냉정해져야 했다. 내가 아무것도 해주지 못했다는 사실을, 더 이상은 손쓸 방도가 없다는 사실을, 이제 항암치료고 뭐고 아무것도 할 수 없다는 사실을, C의 여명이 얼마 남지 않았다는 사실을 아무것도 모르고 기다리고 있는 C의 아내에게 알려야만 했다. 하지만 조금 전까지 나의 분노와 절망을 그대로 담아 전달할 수는 없었다. 뜨거웠던 심장이 급속도로 차갑게 식고 있었다. 나는 굳은 얼굴로 말했다.

"배를 열었는데 암이 진행을 너무 많이 했어요. 도저히 손을 쓸 수가 없을 만큼 복막 전이가 넓게 퍼져서 아무것도 해주지 못하고 닫았습니다."

놀란 C의 아내는 눈물을 흘릴 정신조차도 없어 보였다.

"그러면 어떻게 되는 거죠?"

"더 이상은 해 드릴 수 있는 것이 없습니다. 남편분은 이제 식사를 못 하실 것이고, 그러면 항암치료든 뭐든 아무것도 못 합니다."

조금씩 현실감을 찾기 시작한 C의 아내가 울기 시작했다. 나는 더욱 싸늘해졌다.

"이제는 마음의 준비를 하셔야 합니다. 여명이 얼마 남지 않았어요. 환자분과 상의하셔서 호스피스 병원으로 가시는 편이 좋겠습니다."

여전히 울고 있는 C의 아내를 뒤로한 채 상담실을 나섰다. 심장이 다시 따뜻해지면서 눈물이 나려는 것을 억지로 삼켰다.

대중들은 말기암 환자에게만 주목할 뿐 환자를 조금이라도 더 오래 살리기 위해 애쓰는 의사들의 속사정은 모른다. 한 사람의 생명이 스러질 때 담당 의사가 얼마나 고뇌하고 좌절하며 절망하는지 의사가 아닌 일반인은 절대 알 수가 없다. 배를 열었음에도 아무것도 해주지 못한 채 속수무책으로 배를 닫아야 하는 외과의사의 심정을 그 상황에 처해 보지 않은 사람은 눈곱만큼도 헤아릴 수 없다. 그 절망마저 따뜻하게 전달해 달라고 하는 건 무리한 요구다. 그건 인간이 할 수 있는 능력 밖의 일이다. 환자와 보호자를 위로하기 위해 거짓을 말할 수는 없고, 사실을 말하면서도 희망을 주기란 불가능하다. 그것이 말기암 환자를 대하는 의사들이 전달해야 하는 사실만을 건조하게 말하는 이유다.

아무것도 해주지 못했다는 자책과 절망이 아물어갈 때쯤 나는 또다시 말기암 환자를 수술하게 될 것이고, 언제나처럼 냉정함의 탈을 쓰고 그들을 맞이하게 되겠지만, 뒤돌아 몰래 흘리는 눈물은 습관처럼 계속될 것 같다.

의사는 액세서리를 하면 안 되나요?

나는 액세서리를 좋아한다. 고등학생 때부터 목걸이를 하고 다녔고, 대학에 들어가자마자 귀를 뚫었다. 반지는 기본이고 손목시계와 함께 불교 신자도 아니면서 염주도 끼고 다녔다. 대학 때는 염색도 꼬박꼬박 했었는데, 노랗게도 해보고 빨갛게도 해보고 그랬더랬다. 그땐 어디까지나 젊었고, 그러고 다닌다고 뭐라고 하는 사람도 없었다. 지금 생각해보면 참 자유롭던 시절이었다.

본과 3학년 여름방학 때였다. 병원 실습을 시작하면서부터 어쩔 수 없이 귀걸이를 빼고 다니다가 방학이 되자마자 다시 끼고 다녔다. 내과 실습 도중 여름방학이 끼면서 방학 중에 실습 관련하여 교수님과 면담을 가질 일이 있었는데, 연구실 문을 열고 들어서는 나를 보자마자 교수님께서 짧은 감탄사를 내뱉으셨다.

"어럽쇼!"

어럽쇼라니, 책에서나 보던 저런 감탄사를 실제로 쓰는 사람이 있구나. 잠시 영문을 몰라 어리둥절해 있다가 뒤늦게 교수님 시선이 내 왼쪽 귀를 향해 고정되어 있음을 알아차렸다.

아차, 귀걸이.

허둥지둥 귀걸이를 빼는 나를 교수님께서 어처구니가 없다는 표정으로 쳐다보고 계셨다. 그때는 "어럽쇼"라는 감탄사에 정신이 혼미해져 내가 정말 잘못을 한 건지 어떤지 생각할 겨를도 없이 귀걸이를 얼른 빼야겠다는 생각밖에 없었는데, 나중에야 생각해보니 귀걸이를 한 것이 정말 그렇게 큰 잘못인가 싶었다. 환자 앞에서 끼고 다닌 것도 아니고, 방학인데, 교수님 앞에 귀걸이를 하고 나타날 수도 있는 거 아닌가? 80년대도 90년대도 아닌, 무려 2000년대 중반에 있었던 일이다. 그만큼 의사들의 사고는 보수적이고 경직되어 있었다.

외과의사가 된 이후로는 그나마 끼고 다니던 시계와 반지도 뺄 수밖에 없었다. 시계와 반지는 그 자체로 오염원이기 때문에 수술을 할 때 끼고 들어갈 수는 없다. 다 빼고 손을 깨끗하게 소독한 후 멸균 수술복과 장갑을 껴야 한다. 그렇다고 수술 들어갈 때마다 빼고 수술 끝나면 다시 끼고 그럴 수는 없지 않은가. 그럴 수도 있지 않나 생각하는 분들은 세탁실로 온 수술복 주머니에서 잃어버린 반지와 시계가 얼마나 많이 발견되는지 몰라서 그런 것이다. 나도 반지를 하나 잃어버리고 커플링마저 잃어버릴 위기에서 세탁물을 뒤져 겨우 찾아내고 난 이후에는 시계와 반지도 포기할 수밖에 없었다.

그렇게, 결혼반지를 신혼여행 이후로 껴 보지 못하고 벽장에 묻어둔 채 8년이 지난 어느 날 생각했다.

'어차피 벽장 속에만 보관해 둘 거라면 잃어버릴 우려가 있더라도 끼고 다니는 게 낫지 않을까?'

벽장 깊숙이 숨겨 두었던 반지를 찾아내어 왼손 네 번째 손가락에 꼈다. 왠지 모르게 기분이 좋았다. 손가락에서 빛나는 다이아몬드의 반짝거림이 좋았다. 그래, 끼고 다니자. 유부남이 총각 행세하려 한다는 오해를 벗기 위해서라도, 끼고 다니자.

그 후로 일 년이 지났고, 다행히도 아직은 잃어버리지 않았다.

미용실에서 파마를 하며 문득 생각한다.

내일 귀걸이를 하고 나타나면 환자들이 이상하게 생각할까?

언젠가 대학병원에서 왼쪽 귀에만 귀걸이를 한 남자 의사를 만나더라도 부디 놀라지 마시길.

외과의사의 무게

───────── 2010년, 전공의 2년차 어느 날

또 한 명의 환자가 죽었다.

어제 응급실로 내원하여 새벽에 응급수술을 시행했고, 중환자실에서 상태가 나빠지는 것 같아 재수술을 결정한 환자였다. 수술실로 밀어 넣은 후 더 늦기 전에 수술하게 되어 다행이라고 채 안도하기도 전에 심정지가 일어났고 미처 손을 쓸 겨를도 없이 환자는 떠나버렸다.

그리고 이어진 두 시간의 CPR.

이미 의미 없음을 알면서도 두 시간이나 이어지는 집착과 고집의 시간.

외과의사로서 이따금씩 죽음에 맞닥뜨리게 되지만 여전히 '죽음'이란 단어는 익숙함보다는 어색함으로 다가온다. 한 명 한 명. 반복되지 않았으면 하는 경험을 어쩔 수 없이 또 하게 되고, 나는 또 아파하고 절망한다.

언젠가 이런 글을 쓴 적이 있다.

'나는 약간의 안이함에 빠져있었을 뿐인데, 환자는 그 사이 별이 되어버렸다.'

생사를 가르는 건 언제나 그 '약간'이다. 조금만 더 빨리 발견했었더라도. 조금만 더 주의를 가지고 지켜봤었더라도. 약간만. 아주 조금만.

역사는 반복된다고 했던가. 경험과 교훈으로 '약간'의 틈을 메울 수 있다면, 역사는 반복된다는 말 따위는 나오지도 않았을 테지. 나는 조금의 틈도 허용하지 않는 철저하고 완벽한 사람은 못 된다. 그래, 그걸 두 글자로 '무능'이라고 한다. 무능한 외과의사. 결국 아무것도 해주지 못했다는 무력감.

시간이 흐르고 틈이 조금씩 더 넓어질 때쯤 또 역사는 반복될 것이고 나는 또 아파할 것이다.

그러나, 함께 아파함으로써 상처를 보듬어주는 것으로 그 역할을 대신하기엔 외과의사라는 직업의 무게가 너무 무겁다.

무거운 주말이다.

의사와 환자의 간극

"근디 만약에 중성이믄 우찌 되는 거요?"

중성이라니 이게 대체 무슨 소리인가. 할아버지는 검진으로 시행받은 내시경에서 대장암을 진단받고 내원한 터였다. 그런데 갑자기 중성이면 어떻게 되냐니. 암에 내가 모르는 새로운 분류법이 생긴 건가? 암을 산성 염기성으로 나눈다거나 하는? 그러면 산성도 염기성도 아닌 중성암은 예후가 좋은 암일까? 아, 그게 아니라면, 혹시 생물학적인 성별을 말하는 것일까? 남성과 여성, 그리고 중성? 혹시 이 할아버지가 트랜스젠더라는 이야기일까? 내가 젠더 감수성이 부족해서 성소수자의 용어를 알아듣지 못한 것일까? 찰나의 시간에 오만 가지 생각을 했지만, 답을 얻지 못한 나는 결국 되물을 수밖에 없었다.

"…네?"

"아 왜 거 있잖소. 양성 뭐 그런 거."

"환자분은 조직검사에서 악성으로 나왔습니다. 대장암이에요."

내가 뭐라고 말을 더 이어가기도 전에 할아버지가 내 말끝을 잘랐다.

"아니 그랑께 중성일 수도 있지 않냐고요. 양성 음성 말고 중성."

신박한 표현이다. 양성도 음성도 아닌, 중성. 할아버지의 입에서 나온 '중성'이라는 단어는 본인이 대장암이 아닐 수도 있다는 일말의 희망을 담고 있었다. 마치 본인이 '중성' 대장암이라는 판정을 받는 순간 양수도 음수도 아닌 영(0)으로 돌아가서 아무 일도 없었던 것이 되는 것처럼.

나는 암 수술을 받아야 하는 할아버지에게 헛된 희망을 안겨줄 수는 없었다.

"중성이라는 것은 없어요. 환자분은 분명한 대장암입니다. 수술을 꼭 받으셔야 해요."

단호한 내 말에도 미심쩍은 표정을 짓던 할아버지는 진료가 끝나고 외래 문을 나서면서 혼자 중얼거렸다.

"아니 누가 수술 안 받는다고 했간디. 그냥 중성일 수도 있지 않냐 이 말이제."

할아버지의 마음속에는 여전히 본인은 중성암이었다.

우리말이란 것이 참 애매할 때가 많다. 의사들끼리는 늘 사용하고 익숙한 단어인데 막상 환자나 보호자들은 그 의미를 완전히 잘못 알고 있는 경우가 허다해서 중요한 설명을 할 때는 용어 하나하나 사용하는 데에도 신중할 수밖에 없다. 그 대표적인 예가 바로 '양성(良性)'이다. '악성(惡性)'의 반대말, 영어로 'benign'. 왜 이 단어는 하필이면 '양성(陽性)'과 발음이 같아서 오해를 낳는 것일까.

"이번에 대장내시경에서 용종을 하나 떼었어요. 조직검사 결과 선종이네요. 양성이에요."

"네? 양성이면 안 좋은 거 아닌가요?"

"악성이 아니라 양성이라는 말입니다. 내시경으로 떼어냈으니 걱정하실 필요 없으세요."

"아, 난 또 양성이 안 좋고 음성이 좋은 건 줄 알았죠. 코로나처럼."

이런 상황을 하도 많이 겪다 보니 이제는 아예 처음 설명할 때부터 기계적으로 덧붙인다.

"조직검사 결과 선종이네요. 양성이에요. 암이 아니라는 말이니까 걱정 안 하셔도 됩니다."

한 번은 이런 일도 있었다. 수술 후 복강 내 감염으로 오래 입원해 있던 환자가 호전되어 퇴원할 무렵이 되었다. 염증 수치가 호전되어 항생제도 끊고 퇴원하시면 되겠다고 설명하고 돌아서려는데, 환자 보호자가 물었다.

"저기요 교수님, 혹시 항생제 좀 더 쓰면 안 될까요?"

"항생제 오래 써서 좋을 게 없어요. 이미 충분한 기간 사용했습니다. 뭐 때문에 그러시죠?"

"이이가 너무 기운이 없는 거 같아서요. 항생제를 좀 너 맞으면 기운이 나지 않을까요?"

대체 이 보호자는 항생제를 무슨 약으로 알고 있는 것일까? 영어로

메스를 손에 든 자 63

antibiotics는 접두사 'anti-'의 의미가 쉽게 와 닿는 반면, 우리말 항생제(抗生劑)의 '항'은 '대항하다'의 의미보다는 '항상(恒常)' 혹은 '항진(亢進)'의 의미로 오해받기 십상이긴 하다. 의사들한테나 항생제 하면 당연히 antibiotics이지 일반인에게는 항생제가 '생동감을 높여주는 약'이라는 의미로 받아들여질 수도 있겠다는 것을 그날 처음으로 깨달았다. 이제는 항생제라는 용어를 쓰면서도 '세균을 죽이는 약'이라는 말을 세트로 덧붙여야 하는 것일까?

어쩌겠는가. 환자들에게 benign이니 antibiotics니 영어로 이야기할 수도 없으니, 한국어를 모국어로 사용하는 의사들이 숙제처럼 짊어지고 갈 수밖에.

정말 대장항문외과 할 거니?

녹초가 된 몸을 침대에 누인다. 마지막 남은 힘을 밑바닥까지 쥐어 짜내어 운전해서 집에 돌아왔더니 손가락 하나 들어 올릴 힘조차 남아 있지 않다. 어마어마한 응급수술이었다. 방광과 말단회장까지 침범한 에스상결장암이 폐색을 일으켜 대장이 터지기 직전이었다. 암과 들러붙어 있는 말단회장을 우선 박리하여 절제해 내고, 골반 입구를 가득 차지하고 있는 종양을 주변 조직에서 분리해 낸 후 방광을 포함하여 일괄절제하고 방광을 다시 꿰매 재건해 준 대공사였다. 종양이 양쪽 요관과 가까이 붙어있어 분리해 내느라 애를 먹었고, 후복막으로 침윤된 종양을 박리하는 과정에서 천골앞정맥총에서 발생한 출혈이 지혈이 잘 안 되어 그야말로 고생이 이만저만이 아니었다. 다행히 수술은 만족스럽게 마무리되었지만, 모든 집중력을 쏟아 부어버린 나는 영혼이 모두 빠져나간 육신을 이끌고 귀소본능에 의지해 집으로 돌아와 간신히 침대에 몸을 부렸다. 눈을 감는 동시에 잠에 빠져들 것만 같다.

아니다. 사실 잠이 오지 않으리라는 것을 나는 이미 알고 있다. 아니나 다를까, 몸은 피곤한데 정신은 자꾸만 또렷해지고 있다. 극도의 집중력을 요구하는 몇 시간의 수술 동안 과도하게 항진된 교감신경이 좀처럼 가라앉지를 않는다. 심장이 아직도 평소보다 빠르게 뛰고 있다. 잠이 들 턱이 없다. 조금만 실수를 해도 떨어지고 마는 외나무다리를 서너 시간의 사투 끝에 겨우 건너고 나면 그 긴장을 가라앉히는 데에도 상당한 시간이 필요하다.

수술을 복기해 본다. 조금만 더 조심했더라면 출혈을 일으키지 않을 수 있었을까? 좌측 요관은 종양과 너무 가깝게 붙어있었는데, 분리해 내고 말 것이 아니라 절제를 해야 했었나? 방광은 내가 직접 꿰맬 것이 아니라 비뇨의학과 당직 교수님을 호출하여 부탁드리는 게 나았을까? 아니지, 그러면 비뇨의학과 교수님 오시는 시간까지 합치면 최소 한 시간은 더 걸렸을 텐데? 아까 배를 열다가 손상을 입은 소장을 내가 꿰맸던가? 마지막에 배를 닫을 때 장 정리는 제대로 하고 닫았지? 아 참, 당직 전공의에게 폴리 카테터는 최소 일주일간 유지해야 한다고 말하는 것을 잊어버렸네. 내일 출근해서 잊어버리지 말고 말해야겠다.

밤은 깊어가고 나는 눈꺼풀을 들어 올릴 힘조차 없어 눈을 감은 채로 온갖 상념에 빠져든다.

"정말 대장항문외과 할 거니?"
세부 전공을 대장항문외과로 하기로 마음먹었던 전공의 4년차 가을 무렵, 선배가 물었다. 원래도 친했지만 내가 크론병을 얻게 된 이후로 더욱 가까워진 누나였다. 실은 선배의 남동생도 크론병을 앓고 있었기 때문이다. 선배의 세부 전공도 대장항문외과이면서, 내가 대장항문외과를 선택한 것이 못마땅한 말투였다. 나는 영문을 모른 채 물었다.

"네…. 안 될까요?"

선배가 손사래를 쳤다.

"아니, 절대 아니지. 나야 네가 대장항문외과를 같이 한다면 언제든지 환영이지. 다만…"

이게 대체 무슨 말인가 싶어 여전히 두 눈을 동그랗게 뜨고 있는 나를 향해 선배가 얕은 한숨을 쉬며 말했다.

"나는 네가 가능한 스트레스를 받지 않고 살았으면 해서. 대장항문외과는 응급도 많고 험한 환자들도 많잖니. 너도 알다시피 크론병은 스트레스를 받아서 좋을 게 없거든. 외과를 선택한 거야 이제 와서 돌이킬 수는 없지만, 세부 전공이라도 좀 스트레스 덜 받는 분과로 선택을 해서 마음 편하게 사는 게 어떤가 싶어서. 내 동생이 힘들어하는 것을 보니, 남의 일 같지 않아서 그래."

누나는 정말 진심을 다해 나를 걱정하고 있었다. 사실 나도 크론병을 처음 진단받았던 3년차 때에는 몸도 마음도 힘들어서 이래저래 고민이 많았었다. 하지만 휴미라를 맞은 이후 몸은 거의 정상으로 회복되었고, 그 정도의 컨디션만 유지된다면 무엇이든 다 할 수 있을 자신이 있었다. 무엇보다도 나는 생명을 다루는 최전선에 있고 싶었다. 외과를 선택한 초심을 도저히 외면할 수 없었다. 나를 생각해 준 선배의 마음은 눈물겹게 고마웠지만 나는 단호하게 대답했다.

"할래요, 그래도. 저 괜찮을 거 같아요."

"그래, 정 그렇다면 할 수 없지. 너 같은 후배 들어오면 나야 언제든 대환영이다."

"그렇죠? 제가 좀 잘하잖아요."

누나는 특유의 파안대소를 터뜨렸다. 하지만 그 웃음 뒤에는 일말의 안쓰러움이 남아있었다.

대학병원 외과의사의 삶은 내가 상상했던 이상으로 스트레스의 연속이었다. 환자의 생명을 좌지우지한다는 사실만으로도 나는 하루 24시간, 일 년 365일을 두 어깨에 무거운 짐을 지고 있는 것과 마찬가지였다. 생명이 촌각에 달린 응급수술이 이어졌고, 항상 긴장의 연속이었다. 수술은 필연적으로 일부 환자에서 합병증을 동반했고, 재수술을 해야 하는 상황이 닥칠 때마다 스트레스는 배가 되었다. 이따금씩 크론병으로 인한 복통이 찾아올 때면, 내가 괜한 선택을 해서 스스로를 옭아맨 것이 아닌지 되물은 적이 한두 번이 아니었다.

하지만 다음 날이 되면, 2주 전에 사경을 헤매며 응급실로 왔던 환자가 회진 때 환한 얼굴로 병실에 앉아있는 것을 보고 나면, 수술한 지 5년째가 되어 완치 판정을 받고 연신 고개를 숙이며 고맙다고 하는 환자를 외래에서 만나고 나면, 나는 언제 그랬냐는 듯 또 힘을 낸다. 환자들은 내 스트레스의 원흉이기도 하고, 동시에 내가 외과의사로서 살아가는 힘의 원천이기도 하다.

　여전히 잠은 오지 않고, 나는 P를 생각한다. 코로나에 파업에 어려웠던 지난 일 년을 함께 견뎌내고 어엿한 대장항문외과 세부전문의로 성장하고 있는 든든한 동생. 응급수술에, 논문 작업에, 이런저런 요구에도 묵묵히 제 할 일 하는 믿음직한 후배. 하지만 한 가지, 지난해와 올해 연이어 건강에 이상이 발견되었고, 그래서 걱정이다. 대학에서 스태프로 지내는 것이 몸과 마음이 얼마나 힘든지 알기에, 믿고 함께 할 수 있는 동료를 얻고 싶다는 마음과 후배의 건강을 염려하는 마음이 교차한다. 그때 그 선배의 마음이 나와 같았을까?
　모든 것은 본인의 선택이다. 대장항문외과를 선택한 것은 나의 선택이고, P의 선택이었다. 나는 크론병을 안고서도 대장항문외과를 선택했고, 힘들고 버겁다고 느낄 때도 많았지만, 그 선택을 후회하지는 않는다. 나는 지금까지 잘해 왔고, 앞으로도 계속 잘할 수 있을 것이다.

　깊어가는 불면의 밤, 나는 여전히 눈을 감은 채 나와 P의 앞날에 건강한 미래만이 놓여있기를 두 손 모아 기도한다.

──────── 역사는 반복된다

때는 바야흐로 꽃피는 춘삼월. 계절이 변하거나 말거나 누구는 연애를 하거나 말거나 콘크리트 건물 속에만 틀어박혀 청춘의 대부분을 소비하던 전공의 시절, 유일한 탈출구는 소위 '출격'이었다. 오늘, 출격이다. 치프 선생님의 이 한마디에 놀이공원을 손꼽아 기다리는 어린이마냥 마음이 들떠 오로지 하루 일과가 끝나기만을 기다렸었다. 허름한 실내포차의 소주 한 잔이 뭐가 그리 행복했던지. 출격은 모든 스트레스를 알코올과 함께 녹여 주는 기적이요, 한 번 빠지면 헤어나올 수 없는 마약이었다.

그날. 문제의 그날도 여느 때와 다르지 않은 출격의 하루였다. 모든 것은 그 출격의 장소에서 시작되었다. 그날 그 출격이 없었더라면. R을 데리고 가지 않았더라면. 아아, 내가 괜한 말만 하지 않았더라면.

나는 전공의 3년차 바이스 치프였다. 바이스 치프가 되었다는 말은 윗년차보다 아랫년차가 더 많아졌다는, 소위 중고참이라는 말이다. 왠지 어깨가 으쓱해진 나는 그날따라 유난히 기분이 더 좋아 부어라

마셔라 주거니 받거니 술을 마시고는 얼큰해졌다. 게슴츠레 취한 눈에 비친 1년차들의 모습이 왜 그리 안쓰럽던지. 뭐라도 도움이 되어야겠다는 기특한 마음으로 시작한 건지 그냥 술자리 웃긴 이야기를 해보려고 시작한 건지는 모르겠지만, 그렇게 이야기는 시작되었다.

"내가 1년차 때 했던 최고 짱돌짓 이야기 해드릴까요?"

"네네, 해주세요. 궁금해요."

바이스 치프의 입에서 무슨 이야기가 나올지 눈을 빛내며 듣고 있던 1년차 중에는, 그 이름도 찬란한 R도 있었다. 아아, R을 그 자리에 데리고 가지 말았어야 했다. 이 이야기를 들려주지 말았어야 했다.

"과장님 드레인 컷팅하는 건 다들 알고 계시죠?"

"네, 그럼요."

"그럼 컷팅하다가 가끔씩 사고 나는 것도 알고 계세요?"

"네, 들어본 거 같아요. 혹시…?"

"네, 제가 1년차 때 저지른 일이에요."

와하하하. 벌써 웃음이 터졌다. 뭐 어떤가. 웃으라고 시작한 이야기인데.

당시 과장님이셨던 K교수님은 담도 췌장 전문이셨다. 특유의 카리스마 때문에 가까이 하기엔 너무 먼 당신이셨는데, 얼굴을 마주 바라보는 것만으로도 숨이 막히고 호흡이 가빠지곤 했다. 행여 컨퍼런스 때 질문이라도 하나 하시면 아는 것도 대답 못하고 모르는 건 당연히 대답 못하니 버벅버벅 말만 더듬다가 결국엔 교수님의 한숨으로 끝나 버리는 게 당연지사였다. 교수님 수술 중에는 외과 수술에서 난이도가 가장 높은 수술 중 하나인 췌십이지장절제술이라는 것이 있었다. 이래저래 복잡한 중에도 특히 췌도와 공장을 연결하는 문합부위는 소화액이 지나다니는 길의 특성상 문합이 되지 않고 누출이 생기는 경우가 종종 발생하는데, 이것이 소화액인지라 누출이 발생하면 주변 조직을 녹여버리고 심하면 혈관까지 녹여 대량출혈이 발생하기도 하는, 아무튼 복잡하고 신경이 쓰일 수밖에 없는 수술이었다. K교수님은 이 췌공장문합부위에 위치시킨 드레인은 꼭 컷팅하여 개방형 드레인으로 바꾼 후에 며칠에 걸쳐 조금씩 뽑게 하셨다. 이것이 여간 신경이 쓰이는 것이 아니어서, 드레인을 컷팅을 하려면 혹여나 발생할지 모르는 사고를 미연에 방지하기 위해 옷핀을 드레인에 끼워 안전장치를 한 후 그 아래쪽을 자르도록 하고 있었다. 이것은 외과 전공의가 절대 잊어서는 안 될 제1 수칙 중 하나였다.

1년차 여름, 첫 휴가를 앞둔 금요일이었다. 내일이면 휴가다. 드디어 자유다. 영어로 프리덤. 에프, 알, 이, 이, 디, 오, 엠. 프리덤. 나를 옥죄고 있던 모든 것들이여, 안녕. 병동 컴퓨터야, 너는 여전히 느리기 짝이 없구나. 오더 한 줄 넣을 때마다 약 올리듯 돌아가는 모래시계가 익숙해질 때도 되었는데 그러질 않네. 하지만 괜찮아. 내일이면 안녕이니까. 어이쿠 우리 신규 간호사님. 분당 맥박수를 790회로 기록하셨네요. 껄껄껄. 자판을 입력하다 보면 뭐 그럴 수도 있죠. 하필이면 나란히 옆에 붙어있는 9랑 0이 문제지, 당신 잘못은 아니네요. 쥐 심장도 1분에 790번은 안 뛴답니다. 아무도 환자 심장이 1분에 790번이나 콩닥콩닥 뛰었다고 생각 안 할 거예요. 다만 차지 간호사님께 혼날 뿐. 아, 나는 괜찮아요. 내일이면 안녕이니까. 아 세상은 아름답고 기쁨으로 충만하구나. 룰루랄라. 설레발 그만 치고 환자 드레인이나 자르고 오라는 2년차 형님의 호령까지도 천사의 속삭임으로 느껴지는 그런 하루였다. 그리고, 사고는 으레 그런 날 터지기 마련이었다.

 찰나의 순간이었다. 잠깐의 방심이었다. 지난 몇 달간 드레인을 잘랐을 때 단 한 번도 당겨지는 느낌을 경험해보지 못했기에, 절대 그런 일은 생길 리가 없다는 그릇된 믿음을 가지고 있었는지도 몰랐다. 안전핀을 끼우지 않았고, 드레인을 잘랐고, 드레인은 내 시야에서 사라져 환자 배 속으로 쏙 들어가 버렸다.

"그래서, 내가 드레인을 그냥 컷팅을 했단 말이에요. 미쳤지. 근데 그 순간 무슨 일이 일어났는지 알아요?"

"무슨 일이 일어났는데요?"

"아니 글쎄, 온 세상이 갑자기 다 정지해 버리는 거야. 나랑 드레인만 빼고."

"에에?"

"모든 것이 정지하고, 드레인만 슬로모션으로 움직이더라구요. 1밀리미터씩."

"와하하하."

"그래서 생각했죠. 잘하면 잡을 수도 있겠다, 얼른 손을 뻗어 더는 못 들어가게 붙잡아야지. 그런데 나는 아무것도 할 수가 없었어. 드레인은 겨우 1밀리미터씩밖에 안 움직이고 있는데. 왜인 줄 알아요?"

"왜요?"

"내 손도 1밀리미터씩밖에 안 움직이더라구요."

"와하하하하."

"그렇게 멀어져가는 드레인을 보면서 그 찰나의 순간에 내가 무슨 생각을 했는지 알아요?"

"아 씨발 좆됐다, 했겠죠."

"그건 당연한 거고."

"무슨 생각을 하셨는데요?"

"아 씨 설마 휴가 잘리진 않겠지?"

"뭐라구요? 와하하하하하하."

그야말로 화기애애한 술자리였다. 선배가 저지른 꼴통 짓을 안줏거리 삼아 마시는 술이 어찌 맛이 없으랴. 그 중 유난히도 R이 밝고 크게 웃었다. 그땐 몰랐는데, 이제 와서 다시 생각해보니 그랬던 것 같다. 대화는 이어졌다.

"그래서 어떻게 하셨어요?"

"어떻게 하긴요. 그날 바로 응급수술로 배 다시 열어서 꺼냈죠."

"으악."

"결자해지의 심정으로, 석고대죄의 마음으로, 그 수술 내가 들어갔었거든요. 정말 오금이 저려서 서 있을 수가 없었어. 지릴 뻔했다니까. 얼굴도 마주치지 못하고 덜덜 떨면서 죄송합니다, 한마디 드렸는데 아무 반응이 없으시더라구요. 살짝 고개를 들었는데 교수님과 눈이 딱 마주친 거야. 그때 K교수님의 눈빛이 지금도 잊히지가 않아요. 어우, 생각만 해도 몸서리."

"으으…. 그런데 휴가는 어떻게 되셨어요?"

"그냥 그러고 끝이었어요. 치프 선생님께서 차라리 잘 되었다고, 환자랑 보호자 더 만나지 말고 썩 꺼져버리라고 하시더라고요. 그래서 뒤도 돌아보지 않고 줄행랑쳤죠."

"와하하하."

"더 웃긴 건 뭔지 알아요? 그 난리를 치고 이듬해 결혼을 했는데, 무슨 낯짝으로 K교수님께 주례를 부탁드렸다는 거예요. 나도 참 대단한 거 같아."

"예에? 아하하하."

결론을 말할 때가 되었다. 웃고 떠드는 것도 좋지만, 이 이야기의 끝은 웃고 떠드는 것이어서는 안 되었다.

"잘 들어보세요. 의학에서 절대 일어나지 않는 일이라는 건 없어요. 여러분이 잠깐 방심한 사이, 실수와 사고는 그 방심의 틈을 비집고 들어옵니다. 명심하세요. 드레인은 꼭 안전핀부터. 알겠습니까?"

"네!"

R의 대답이 유난히 우렁찼다. 지금 생각해보니 분명 그랬다.

다음 날. 심지어 며칠이 지난 것도 아닌 바로 다음 날이었다. 병동 2년차에게 전화가 왔다.

"형, 어떡하죠?"

순간 등골을 스치는 오싹한 느낌.

"드레인 사고 났니?"

"…네."

불길한 예감은 어찌 이리도 빗나가는 적이 없을까. 씨발, 2년 만에 또 좆됐다. 용수철처럼 튀어 올라 병동으로 올라갔다. 어찌 된 영문인지 병동 2년차는 죽을상을 하고 있고, 옆에 있는 R은 뭐가 그리 좋은지 싱글거리고 있다. 설마 2년차가?

"누가 그랬어요?"

"제가 그랬습니다."

여전히 벙글거리며 R이 대답했다. 나는 그때의 R의 해맑은 표정을 아직도 잊을 수가 없다. 이게 얼마나 큰일을 저지른 건지 모르고 있는 건가. 기가 막혀 웃었더니, R도 따라 웃는다. 있을 수도 있는 일이라고, 별거 아니라고 생각하고 있는 것이 분명해 보였다. 어제 출격에서 안줏거리로 떠들지 말았어야 했다. 1년차가 R이라는 사실을 잠시 망각하고 내가 바보 같은 짓을 했구나. 아아, 다 내 탓이다. 내가 바보같이 복선을 깔았다. 내가 죽일 놈이다.

우리는 역사를 배운다. 과거로부터 지혜를 얻고 잘못된 점은 되풀이하지 않기 위해서겠지. 하지만 역사는 반복된다. 어떤 병신 짓이든, 시간이 지나면 그 충격의 강도가 희석되고 한낱 추억거리가 되어버린다. 내가 했던 최고의 병신 짓을 안줏거리 삼아 웃고 떠들었던 그날처럼. 그러다 보면 했던 병신 짓을 또 하고 또 한다. 대체 이런 짓을 왜 하는지 도무지 이해가 안 되는 짓을 또 한다. 인간이란 무릇 그런 존재다. 의사라면 이런 익숙해짐과 무뎌짐에 저항할 줄 알아야 하는데, 의사도 하찮은 인간일 뿐인지라 그것이 쉽지가 않다.

R은 잘 살고 있을까. 문득 궁금해졌다.

트라우마, 그 극복에 관하여

정유정의 소설 『진이, 지니』와 post-traumatic growth

1.

둘째가 생겼을 때 이름을 뭐로 할까, 정말 오랜 시간 고민을 했다. 왠지 아들 이름과 비슷하게 짓고 싶어서 돌림자도 아닌 '진'을 넣어 이름을 짓자고 아내와 합의를 보고 온갖 글자를 넣어 조합을 해보다가 이러다가 지쳐서 그냥 진숙이라고 짓고 말겠다는 생각이 들 때쯤 떠오른 이름이 이진이였다. 이. 진. 이. 앞으로 해도 이진이, 거꾸로 해도 이진이. 입에 착 감기는 것이 세상 누구라도 쉽게 발음할 수 있을 것 같은 이름이었다.

올가을엔 처가 식구들과 장인어른 칠순 기념 해외여행을 계획하고 있어 얼마 전 진이 여권을 신청했다. 영어 스펠링을 Jinny로 할까 Jinnie로 할까를 고민하다가 왠지 Jinny는 너무 램프의 요정을 연상시키는 게 아닌가 싶어서 Jinnie로 신청을 했다. 소설 속 주인공(진이)의 스승이 보노보의 이름을 주인공의 이름을 따서 지니(영문으로 Jinny)로 지으면 어떻겠냐고 하는 장면을 읽다가 웃길 것 하나 없는데 혼자 웃음보가 터져버렸다. 하마터면 소설 속 보노보 이름과 영문 철

자까지 같아질 뻔했다.

소설의 제목이자 주인공의 이름인 '진이'는 단순히 주인공의 이름만은 아니다. 진이의 영혼이 지니의 무의식에 갇히는 것을 램프에 갇히는 것으로 표현을 하는데, 작가가 아마도 램프의 요정 지니를 염두에 두고 주인공의 이름을 정한 게 아닌가 싶다. 소설 속 주인공 역시 자신의 이름에 대한 애정을 가지고 있는 듯한데, 주인공이 이렇게 말하는 부분이 있다.

"이제야 하는 말이지만, 나는 그가 내 이름을 불러주는 게 좋았다. 진이가 아니라, 이진이라고 온전하게 불러주는 게 더 좋았다. 수줍어하는 것처럼 입안에서만 구르는 어감이 가장 좋았다. 그 어감을 간직하려고 나도 내 이름을 불러봤다. '이진이'"

일주일 후면 진이가 세상에 나온 지 삼 년째 되는 날이다. 진이가 이 소설을 읽고 이해하려면 얼마만큼의 시간이 더 흘러야 할까?

2.

'트라우마를 극복하는 위대한 사랑 이야기'라는 평론가의 해설이 가슴 깊이 와 닿았다. 보노보를 끝내 구해내지 못했다는 트라우마로부터, 노인의 도움의 손길을 외면하고 지나갔다는 트라우마로부터 헤어나오지 못하고 살아가던 주인공들이 종내에는 진이의 죽음을 함께 가슴으로 받아들이면서 트라우마를 치유해 나가는 과정이 감동적으로 그려져 있다. 정유정 작가는 이를 '생의 가장 치열했던 사흘에 대한 이야기'라고 스스로 표현했다. 죽기 직전의 사흘이 생에서 가장 치열할 수 있다는 작가의 시선은, 중환자실 간호사로 근무했던 본인의 경험에서 우러나는 것임이 분명하다.

중환자실의 일분일초는 그 시간, 그 장소에 존재하는 모두에게 치열하다.

1년차 겨울 무렵. 핑계를 대자면 일 년간의 외과 주치의 노릇에 나는 이미 충분히 지쳐 있었다. 이른바 번아웃(burn out)이었다. 도무지 의욕도 생기질 않고 틈만 나면 쉬고 싶은 생각뿐이었다. 그동안 일해 온 관성으로 하던 일을 계속하고는 있지만, 어딘가에 걸려 넘어지기만 하면 관성을 잃고 다시는 일어나지 못하게 될 것만 같았다. 어찌 되었든 환자들은 수술 잘 받고 잘 나아서 퇴원했다. 그들은 굳이 내 손길이 아니어도 알아서 회복해서 퇴원할 환자들이었다. 나는 더더욱 타성에 젖었다.

그러던 어느 날. 일주일 전 간문부담관암으로 수술을 받은 환자의 상태가 급격하게 나빠졌다. 하루 전부터 40도의 고열이 나더니 삽시간에 패혈성 쇼크로 진행하여 중환자실로 환자를 옮겨야 했다. 응급으로 시행한 CT[5]는 복부와 흉부 모두 특이사항이 없어 쇼크의 원인이 뭔지를 특정하기조차 어려웠다. 기도 삽관[6]을 하고 항생제를 투여하고 투석을 하고 할 수 있는 조치는 다 했지만, 환자는 호전의 기미를 보이지 않았다. 환자 상태는 시시각각으로 조치를 필요로 할 만큼 불안정했고, 나는 밤새 중환자실을 떠날 수 없었다.

새벽 두 시. 중환자실 컴퓨터 앞에 앉아있는데 갑자기 시야가 흐려졌다. 극심한 피로가 온몸을 덮쳐 왔다. 이대로 깨어 있는 것이 아무 의미가 없을 것 같았다. 담당 간호사에게 조용히 말했다.

"저 조금만 잘게요. 깨우지 마세요."

그대로 팔을 베고 컴퓨터 책상에 엎드렸다.

얼마나 시간이 흘렀을까. 나를 흔들어 깨운 것은 중환자실 간호사가 아닌, 담당 교수님이었다. 비몽사몽 시계를 확인하니 아침 일곱 시였다. 책상에 엎드려 잠깐 눈만 감았다고 생각했는데, 다섯 시간이 훌쩍 지나 있었다. 밤새 내 머리에 눌려 있던 오른팔이 저렸다.

"그래서 환자 상태는 어떻노?"

다섯 시간을 푹 잤는데, 시시각각 변하던 환자의 현재 상태를 알 리가 없었다. 밤새 별일이 없었기를 기도하는 마음으로 차트를 열며 말했다.

"네, 교수님. 밤새 비교적⋯."

뒤이어 하려고 했던 말은 '안정적'이었는데, 모니터에 뜬 환자의 피

---

5) Computed Tomography. 전산화 단층촬영.

6) 기관내 삽관(Endotracheal intubation)이 보다 정확한 용어. 기도 유지가 필요하거나 인공호흡기 치료가 필요한 환자에서 기관 내로 튜브를 넣어 기도를 확보하는 시술.

검사 결과를 보고는 입을 다물어 버렸다. 다섯 시간 사이 환자는 조금씩 더 나빠지고 있었다. 옆에서 시체처럼 잠들어 있는 외과 주치의를 굳이 깨워서 알리기에는 나빠지는 정도가 다소 애매해서 얘를 깨워 말아, 간호사들이 고민하는 사이에 다섯 시간이 지나가 버렸고, 전반적인 환자 상태는 분명히 악화 일로에 있었다. 깨우지 말라고 하고 잠든 나 자신을 원망할 수밖에 다른 도리가 없었다.

"환자 상태가 자꾸 나빠지는데 너는 도대체 뭘 했니?"

"…죄송합니다."

그렇게 내가 약간의 안일함에 빠져있는 사이 혼자서 죽음과 사투를 벌이던 환자는 끝내 회복하지 못하고 별이 되었다.

전공의의 살인적인 근무강도라는 시스템의 문제가 근본적인 원인이라는 것은 사실이다. 하지만 그날 그 기억은 전공의 시절은 물론 현재까지 내내 나를 괴롭히는 트라우마로 남았다. 생사를 가르는 것은 언제나 '약간'의 틈이다. 생명을 다루는 의사가 되려면 그 틈을 허용하지 못하는 완벽주의자가 되어야 하는데, 나는 그렇지 못하다. 나는 오늘도 그 틈을 메우려 트라우마 속에서 허우적댄다.

『진이, 지니』를 읽다가 그때 생각이 떠올라 가슴이 무거워졌다. 나는 과연 소설 속 주인공들처럼 트라우마를 이겨내고 성장하고 있는 것일까?

─── 문신남과 사우나

"아빠, 저 사람은 왜 몸에 그림을 그렸어?"

아들이 천진난만한 얼굴로 물었다. 그래, 이 모든 건 다 아빠 탓이다. 멀쩡한 욕실 놔두고 동네 목욕탕을 데려왔고, 평소에는 거들떠보지도 않던 건식 사우나를 오늘 하필이면 재미 삼아 데리고 들어갔고, 상반신 전체에 문신이 가득한 남자를 마주쳤으면 조용히 되돌아 나가면 되었을 것을 태연한 척 자리 잡고 앉아버렸으니, 모든 게 다 아빠 탓이다. 목소리나 작으면 모를까, 아들의 하이톤의 목소리는 사우나를 쩌렁쩌렁 울렸다. 아들아, 너는 대체 눈치라든가 분위기 파악이라든가 뭐 이런 건 전부 어디다 팔아먹은 것이냐. 찰나의 순간, 35년의 인생이 주마등처럼 스쳐 지나갔다. 그래, 10년 전쯤 언젠가도 이런 문신을 한 남자를 만난 적이 있었더랬다.

내가 처음 인턴을 시작한 지 갓 2주가 되었을 무렵이었다. 나는 응급실 트라우마 구역에 있었고, 이제 겨우 일이 조금씩 손에 익고 있었다. 팔뚝 전체를 문신으로 휘감은 건장한 체구의 젊은 남자가 트라우마 구역으로 들어왔고, 셔츠는 피로 물들어 있었다.

"계단에서 굴렀는데 화분이 깨져버렸습니다."

숨이 막혀 아무 말도 못 하고 있는데 묻지도 않은 말을 꺼내며 남자는 셔츠를 위로 걷었다. 사나운 이빨을 가진 호랑이 한 마리가 모습을 드러냈다. 호랑이의 뺨에 - 남자의 등에 - 10센티미터의 칼자국이, 아니 깨진 화분에 의한 상처가 있었다. 나는 졸지에 호랑이 그림을 수습해야 할 운명에 처했다.

"괜찮으니 아무렇게나 꼬매 주씨요."

사색이 된 인턴이 불쌍했는지, 남자가 한마디 덧붙였다. 괜찮다고? 이게 괜찮을 일인가?

임상경험 2주차 인턴의 능력으로는 호랑이 그림을 원래대로 복원시킨다는 것은 불가능했다. 얼기설기 꿰매 놓고 나니 호랑이 뺨에 깊은 칼자국이 - 깨진 화분 자국이 - 생겨버렸다. 원래의 화려함에 살벌함을 더해 주는 형상이었다. 땀을 뻘뻘 흘리는 인턴을 뒤로하고 남자는 쿨하게 일어섰다.

"고맙습니다."

그래, 문신을 했다고 꼭 불량배는 아니지. 선입견일 뿐이다. 오히려 저런 사람이 마음은 넓은 경우가 더 많다고. 괜히 쫄 필요 없어.

다시 현실로 돌아온 나는 조용히 한마디 덧붙였다.

"그림을 그리고 싶으셨나 보지."

남자가 피식 웃었다. 너무 갑자기 나가면 이상할 거 같아 아들에게 백까지 세고 나가자고 했다. 순진한 아들은 우직하게 백을 센다. 이렇게 오랫동안 셀 줄 알았으면 오십만 세자고 할걸. 땀을 비 오듯 흘리고 있는 문신남을 뒤로하고 사우나를 나왔다.

시애틀로 가는 비행기에서

2019년 5월 17일, 한국시간으로 오후 10시 20분. 나는 지금 미국 샌디에이고로 향하는 비행기를 타고 있다. 정확히 말하면, 경유지인 시애틀로 가고 있다. 샌디에이고에서 있을 Digestive Disease Week(DDW) 참석을 위해서다.

의사 면허만 따고 나면 의사들도 공부가 끝난다고 많이들 생각하겠지만, 틀렸다. 의사들은 일반인들이 생각하는 이상으로 공부를 계속한다. 의학은 지속적으로 발전해 왔고, 발전 중이며, 이제까지와는 전혀 다른 속도로 앞으로도 계속 발전할 것이다. 의사 면허를 딸 당시의 지식으로만 평생 의사 노릇을 하는 건 있을 수 없는 일이다. 하물며 대학병원 교수라면 말할 것도 없다. 의학의 최전선에서 항상 최신의 지식을 가지고 있어야만 살아남을 수가 있다. 그것이, 매년 해외 학회를 빼놓지 않고 참석하는 이유이다.

올해는 DDW를 처음 가 보기로 했다. 매번 참석하던 ASCRS나 ESCP가 다소 식상해진 이유도 있고, 한편으로는 DDW 같은 좀 더 큰 학회에서는 어떤 이야기가 오가는지 궁금하기도 했기 때문이다.

샌디에이고라는 학회 개최지가 마음에 들어서 선택한 것만은 절대 아니다.

사실, 학회 참석의 또 다른 큰 목적 중의 하나는, 재충전이다. 다른 어느 직업이라도 마찬가지겠지만, 의사 노릇 하며 사는 것이 만만하지만은 않다. 외과의사로서, 대학병원 교수로서, 전공의들의 멘토로서, 두 아이의 아빠와 한 여인의 남편으로서의 인생에는 휴식이 끼어들 틈이 없다. 당연히 지친다. 그래서 리프레시(Refresh)가 필요하다. 만사 잊고 다 비워낼 수 있는 혼자만의 여유. 조용히 생각도 하고, 글도 쓰고, 사람 구경도 하고. 누구도 나를 귀찮게 하지 않는 곳에서 가지는 나만의 시간. 그것이 일 년에 한두 번 겨우 참석하는 해외 학회가 소중한 또 하나의 이유이다. 학회는 일상에 지쳐 이 짓거리도 더 이상은 못하겠다 싶을 때 훌쩍 떠나도 괜찮다는 타당한 명분을 제공해 주고, 나는 앞으로 한 열두 달 정도는 버틸 수 있는 새로운 동력을 학회에서 얻어 온다.

이번에는 3년차 전공의를 하나 데리고 간다. 전문의 논문을 처음부터 끝까지 내가 지도한 첫 번째 전공의다. 논문은 이미 SCI 잡지에 제출하여 리뷰 중이고, 초록 발표를 위해 동행한다. 구연 발표가 아니라서 아쉬움이 있지만, DDW는 포스터 발표도 두 시간의 질의응답 시간이 있다. 이번엔 기필코 질의응답 두 시간 동안 포스터 옆을 지키고 있어 볼 예정이다. 내 연구에 대해 누군가가 영어로 질문을 하면 거기에 유창하든 그렇지 못하든, 답변을 하려는 시도를 해보는 것만으로도 전공의에게는 충분히 좋은 경험이 될 터이다.

전공의 4년차 시절, 나도 내 논문 내용을 발표하기 위해 오스트리아 빈에서 열린 ESCP에 참석했었다. 석사 논문이었고 나름 심혈을 기울여 준비한 내용이었지만, 막상 세계 유수 연구자들 앞에서 발표를 하려니 내 논문은 내용이 너무 초라한 것 같고 알맹이 없는 빈껍데기라고 비웃음이라도 당할 것 같아 우려가 이만저만이 아니었다. 게다가 나는 구연 발표였다. 청중 앞에서 발표를 하는 것쯤이야 무대 체질을 타고난 내가 걱정할 바는 아니었지만, 영어 발표는 전혀 다른 문제였다! 읽고 해석하는 것에 최적화된 입시 영어에만 익숙했던 나는 다른 수많은 한국 젊은이들과 마찬가지로 영어 울렁증이 있었다. 영어 발표라니! 유럽 학회에서 영어 발표라니!!

영어로 대본을 쓰고, 그야말로 달달 외웠다. 수술 중 잠깐 짬이 날 때도 외우고, 똥 누다가도 외우고, 자려고 누워 눈을 감고 또 외우고, 빈으로 향하는 비행기에서도 외우고 또 외웠다. 토씨 하나 틀리지 않고 기계적으로 대본이 입에서 튀어나올 때까지 외웠다. 예상 질문 목록을 뽑아서 답변까지 미리 정해 두고 외웠다. 그래도 영어에 대한 불안감은 쉽게 가시질 않았다. 누군가가 예상하지 못한 질문을 하는 바람에 적당히 답변할 말을 영어로 생각해 내지 못해 쩔쩔매고 있을 내 모습을 상상하는 것만으로도 얼굴이 화끈거렸다. 해외 학회 같이 가자는 꼬임에 그저 놀러 간다는 생각으로 덥석 미끼를 물어 버린 것 같아 뒤늦은 후회가 밀려왔다.

학회장에 도착하니 후회는 더 심해졌다. 내가 발표를 할 학회장은 내가 생각했던 것보다 다섯 배쯤 넓었고, 수백 명의 대장항문외과 전문의들이 그 넓은 홀을 가득 메우고 있었다. 이 양반들은 빈에 왔으면 관광도 좀 다니고 할 것이지 공부하려는 의지가 뭐 그리도 강해 이 좋은 날씨에 학회장에 처박혀 있누. 이들이 과연 내 영어 발음을 알아듣기나 할까? 개망신당하기 전에 지금이라도 도망가는 것이 낫지 않을까? 교수님 옆에 앉아 이러지도 저러지도 못하고 앉아있는 사이 도망도 못 가고 내 발표 순서가 되어버렸다.

단상에 서고 좌장이 내 소개를 하고 나자 좌중이 일순 조용해졌다. 수백 명의 눈이 나만 바라보고 있었다. 저 멀리 동쪽 끝 작은 나라에서 온 조그만 동양인의 영어 발표를 듣기 위해 다들 하나같이 숨을 죽이고 있었다. 찰나의 시간이 영겁처럼 느껴졌다.

에라 모르겠다, 될 대로 되라지.

그렇게 긴장했던 건 대학교 면접시험 이후 그때가 처음이자 마지막이었던 것 같다. 자다 깨서도 반사적으로 튀어나올 정도로 외우고 들어가지 않았더라면 입술도 떼기 어려웠을 것이다. 필사의 연습이 빛을 발했는지 발표는 자연스럽게 끝이 났고, 좌장의 질문도 예상 리스트에 있던 것이어서 무난히 답변할 수 있었다. 그렇게 내 인생 가장 긴장했던 5분이 무사히 흘러갔다.

자리로 돌아와 흘린 땀을 닦으니 그제야 주변이 눈에 들어왔다. 옆에 앉아 계신 교수님께서는 발표를 들으며 떠오르는 새로운 생각들을 태블릿 PC에 정리하느라 여념이 없으셨다. 대가들은 학회에서 어떤 아이디어를 얻어 가는지 궁금해 대체 뭘 쓰고 계시는지 슬쩍 훔쳐보다가 눈에 번쩍 뜨이는 문장을 하나 발견했다.

'이수영, 발표 잘함.'

그때의 기쁨과 성취감 때문에, 대장항문외과를 전공으로 선택하게 된 것인지도 모르겠다.

지금 내 옆에서 세상모르고 자고 있는 전공의에게 그 경험을 안겨 주고 싶다. 당신이 갇혀 있는 전남대병원이 세상의 전부가 아니라고, 그 너머에는 어마어마하게 넓고 큰 세상이 있다고 가르쳐 주고 싶다. 앞으로의 인생을 더 넓은 시각으로 바라볼 수 있는 기회를 주고 싶다. 그래서 데리고 가는 거다. 절대 일꾼으로 부려 먹고자 데려가는 게 아니다.

새로운 것을 배우고, 지친 삶에 휴식을 주며, 3년차 전공의에게는 잊지 못할 기억을 남겨 줄 일석삼조의 학회가 되기를 기원한다. 시애틀 도착까지 다섯 시간 남았다.

─────── 크론병을 앓고, 치료하고, 가르치다

2학년 소화기학 블록 강의를 동영상으로 녹화했다. 코로나로 원격 수업이 일상화된 요즈음 동영상 강의가 뭐 특별할까 싶지만, 공교롭게도, 강의 주제가 「염증성 장질환의 외과적 치료」이다. 세상에 이런 얄궂은 경우가 다 있다. 크론병을 앓는 내가, 크론병을 치료하고, 크론병에 대해 가르친다.

사실은 대장항문외과를 전공으로 선택하고 또 대학에 남기로 결심한 이후부터 이미 결정되어 있던 운명이었다. 이제야 현실이 되었을 뿐이다. 내 병 내가 고친다는 마음으로 시작한 건 절대 아니었고, 그저 좋아서 선택한 건데 그게 하필 대장항문외과였다. 그렇게 나는 크론병을 가장 잘 알고, 크론병 환자를 수술하지만, 정작 나 자신의 크론병은 고치지 못하는 외과의사가 되어 있었다.

크론병을 앓는 것이 숨길 일은 아니지만, 또 그렇다고 해서 동네방네 자랑할 일은 아니기에 누가 물어보기 전에는 먼저 얘기를 꺼내는 일이 드물다. 아마 무슨 병을 가지고 있든 상관없이 다른 환자들도 마찬가지일 것이다. 내 환자들에게는 더더욱 내가 크론병 환자입네 내가 먼저 떠들 이유가 없다. 하지만 딱 한 번, 예외가 있었다.

K는 열여덟 살 고등학교 2학년이었다. 크론병을 진단받고 1년간 약을 바꿔가며 치료했지만, 썩 반응이 좋지 않았고 소장 염증이 심해지며 미세 천공이 발생하여 어쩔 수 없이 수술을 해야 했다. 다행히 염증 범위가 넓지는 않아 최소한만 절제하고 장루를 만들지 않고 수술을 종료했다.

K는 나이가 어려서 그런지 회복도 빨랐다. 이삼일이 지나자 언제 그랬냐는 듯 병동을 활보하고 다녔고, 회진 때는 항상 스마트폰 게임에 집중하느라 얼굴도 잘 마주치려고 하지 않았다. 나는 그 모습이 여느 고등학생과 다르지 않음을 말해주는 것 같아 오히려 좋아 보였다.

수술 일주일째 되던 날, 이제 퇴원해도 되겠다고 말하고 병실을 나서는데 문밖까지 따라 나온 K의 어머니가 나를 조용히 불러 세웠다.

"저기, 교수님."

"네, 말씀하세요."

어머니는 머뭇거리다가 물었다.

"우리 아이 이제 괜찮은 거죠? 앞으로 다른 친구들처럼 공부하고, 일하고, 그렇게 살 수 있는 거죠?"

어머니의 눈에는 불안이 한껏 서려 있었다. 병의 실체를 잘 모르는 데서 오는 필연적인 불안이었다. 아니, 병의 실체를 알고 모르고는 사실 별 상관이 없었다. 크론병의 실체를 누구보다 잘 알고 또 겪고 있는 내가 스스로에게 가지고 있는 불안은 그보다 더 크면 크지 결코 작지 않았다. 괜찮을 거라고, 앞으로는 아무 일 없을 거라고 어머니의 불안을 한 방에 날려드리고 싶지만, 거짓을 말할 수는 없었다.

"일단 수술에서 잘 회복은 되었으니, 앞으로 약 쓰면서 경과를 잘 지켜봐야죠. 요즘은 약이 점점 좋아지고 있으니까요. 너무 걱정하지는 마세요."

뜬구름 잡는 내 말에, 어머니는 대답이 더 어려운 현실적인 문제를 꺼냈다.

"사실 쟤가 원래 공부도 잘했거든요. 의대 가겠다고 그러더니, 아프기 시작하면서부터 의욕도 잃고 매일 게임에만 빠져있는데 어떻게 해야 할지를 모르겠네요."

…그러게요. 어떻게 해야 할까요.

크론병 환자의 치료도 어려운 일이고, 엇나가는 고2 학생을 바로잡는 것은 그것보다 더 어려운 일인데, 크론병으로 수술받은 고2 학생을 다루는 것은 대체 얼마나 어려운 일일까.

그것은 내가 대답해 줄 수 있는 범위를 벗어나는 질문이었다. 나는 슬픈 미소를 머금은 채 내일 퇴원하라는 말만 반복할 수밖에 없었다.

퇴원 2주 후 K가 외래로 찾아왔다. 어쩐 일인지 혼자 왔다.

"혼자 왔어요?"

"네. 제가 뭐 어린애도 아니고. 어머니가 일 때문에 바쁘셔서요."

혼자 온 것을 보니 퇴원하고도 별다른 문제는 없었나 보다. 다행이다.

"아픈 데는 없고?"

"수술한 데도 이제 괜찮고 다 좋은데, 주사가 너무 아파요."

고등학교 2학년이 주사가 아프다고 불평하다니 이게 무슨 말인가 싶어 잠시 K의 눈을 쳐다보다가 차트를 확인하고는 짚이는 데가 있어 다시 물었다.

"휴미라 말이니?"

"네. 정말 너무 아파서 도무지 익숙해지질 않아요."

그래, 나도 안다. 너무나 잘 안다. 아달리무맙 피하 주사. 벌써 5년 동안 2주에 한 번씩 얼굴에 오만상을 찌푸리며 내가 환자임을 스스로에게 인식시켜 주어야 했던 살을 찌르는 고통, 그걸 내 어찌 모르겠는가. K를 다시 바라보았다. 아직 앳된 얼굴에 알게 모르게 드리워진 그늘이 마음 아팠다.

"원래 공부를 잘했거든요. 의대 가는 것이 목표였는데⋯."

"아프고 나서는 의욕을 잃고 만날 게임만 해서⋯."

어디선가 어머니의 목소리가 다시 들려오는 듯했다. 나는 무언가에 홀린 것처럼 K를 향해 말을 꺼냈다.

"맞아, 휴미라 엄청 아파요."

"에이, 그걸 선생님이 어떻게 알아요. 그거 예상보다 한 백 배쯤 더 아파요."

"나도 휴미라 맞고 있으니까 알지."

K가 뚱한 얼굴로 물었다.

"선생님이 그걸 왜 맞아요?"

나는 잠시 망설이다가 말했다.

"선생님도 크론병 환자거든."

K는 믿을 수 없다는 표정으로 나를 쳐다보았다. '수술로 나를 살려준 건 고맙지만 그렇다고 거짓말로 나를 위로할 필요는 없는데 이게 뭐하는 짓이지?'라고 표정으로 말하고 있었다. 나는 웃으며 말했다.

"믿든 안 믿든 그건 네 자유다만, 사실이야. 선생님이 왜 이런 거짓말을 하겠니."

여전히 의심의 눈초리를 풀지 않고 있는 K에게 말을 이어 나갔다.

"크론병은 물론 완치가 어려운 병이야. 하지만 충분히 관리 가능한 병이기도 하지. 사회생활도 문제없이 할 수 있고. 보시다시피."

내 부연설명에도 K는 끝까지 의심을 거두지 않은 채 외래 진료실을 나섰다. 아무도 없는 진료실에서 한동안 생각에 잠겼다. 부디 K가 마음을 다잡고 번듯한 어른으로 성장하길 마음속 깊이 빌었다.

크론병을 가르치기 위해 교과서를 다시 샅샅이 읽고 강의 자료를 만들고 동영상 강의를 녹화하는 일은 묘하게 새삼스러웠다. 내 강의를 듣는 학생들이 크론병에 대해서만큼은 잊어버리는 일이 없기를 바라는 마음으로 정성을 다해 만들었는데, 얼마나 전달이 잘 될지는 모르겠다.

나는 여전히 고민한다.

내가 대장항문외과를 선택한 것은 과연 잘한 선택이었을까?

사람을 살린다는 자존심

"이 연세에 수술해도 괜찮으실까요?"

어머니와 함께 늙어가고 있는 백발이 성성한 아들이 걱정스런 얼굴로 물었다. 대장암 폐색으로 한동안 제대로 된 식사를 못 했다는 할머니는 휠체어에 앉아있는 것만으로도 버거워 보였다. 할머니는 이미 일 년 전에 대장암 진단을 받고 스텐트 확장술을 받은 상태였다. 그때는 왜 수술받지 않았느냐고 물었더니, 이 연세에 무슨 수술이냐며 주변 사람들이 전부 말려서 안 하는 게 낫겠다 싶었단다. 그전까지는 마을 산책도 다니고 정정하셨는데, 스텐트 시술 이후 식사량이 줄고 부쩍 기력이 쇠하셨다고 했다. 그러다가 종양이 다시 자라 스텐트를 거의 대부분 막은 상태에서 복부 팽만이 심해져 참다못해 내 외래로 온 것이다.

한숨이 절로 나왔다. 안 괜찮다. 당연히 안 괜찮다. 괜찮을 수가 없다. 아흔이 넘은 할머니를 전신마취해서 두 시간 동안 수술을 한다는 것만으로도 기력이 쇠할 것이 뻔한데, 이미 소진할 대로 소진해 버린 체력을 가지고 응급수술을 받으시게 될 터이니 수술 이후 얼마나 회복하실 수 있을지 아무도 장담할 수 없는 상황이었다. 주변 사람들, 잘 알지도 못하면서 의학적이지 않은 조언을 아끼지 않는 '주변 사람들'이 매번 말썽이다. 그나마 체력이 남아있었던 일 년 전에 수술을 하셨다면 지금보다 훨씬 나았을 것을, 일 년을 묵혀서 병을 키워서 왔다. 작년에 수술하자고 할 때는 안 하고 왜 이제야 오셨느냐고, 수술할 수 없다고, 모시고 집으로 돌아가시라고 말하고 싶은 마음이 굴뚝같았지만, 차마 그럴 수가 없었다.

"그러면, 그냥 이대로 돌아가시라고 내버려 둬요?"

그것은 수술을 하지 않기로 결정하고 일 년을 버려온 보호자를 향한 일종의 힐난 같은 것이었다. 겨우 이 정도의 퉁명스러움이 내가 드러낼 수 있는 감정의 최대치였다. 멋쩍어하며 입을 다물고 있는 아들과 달리, 입을 연 것은 할머니 본인이었다.

"수술 안 받고는 안 되는 것이여?"

연세에 어울리지 않는 카랑카랑한 목소리가 진료실을 울렸다.

"네, 할머니. 수술받으셔야겠어요. 뭐라도 잡수시려면 다른 방법이 없어요."

"정 그러면 수술 해야제."

아흔이 넘은 나이라고는 믿을 수 없을 만큼 단호한 목소리였다.

"똥주머니 차야 해요. 그건 알고 계셔야 해요."

"어쩔 수 없지 뭐. 잘만 해주시요."

그렇게, 일 년여 만에 할머니의 응급수술이 결정되었다.

어제 모 대학병원의 소화기내과 교수님이 법정구속 되었다는 소식을 들었다. 뇌경색으로 거동이 어려운 여든이 넘은 환자의 CT에서 대장암으로 인한 장폐색 의심 소견이 보여 내시경을 하기 위해 환자에게 장정결제를 복용시켰다가 다발성 장기부전으로 환자가 사망한 사건이었다.

기사로만 접하였고 사건의 세부적인 내용을 알지 못하는 상태에서 의사의 잘잘못을 따지기에는 어려움이 있다. 환자를 가장 가까이에서 접한 담당 교수님이 여러 가지 임상 소견을 바탕으로 종합적으로 내린 판단을 제삼자의 입장에서 내 임의로 평가하는 것은 조심스럽다.

하지만 한 가지 분명한 것은, 해당 사건의 담당 교수님은 어디까지나 환자를 살리려고 했다는 점이다. 다른 것은 차치하더라도 이것 하나만은 확신할 수 있다. 뇌경색으로 침대에 누워만 있는 82세 노인에게 대장내시경을 시행하는 것은 준비 과정에서부터 이미 위험이 따른다는 것을 담당 교수님이 몰랐을 리가 없다. 그럼에도 불구하고 장정결제를 먹여 대장내시경을 하려고 시도했던 것은, 어떻게든 대장암 진단을 내려 치료를 받으실 수 있도록 하겠다는 선한 마음에서 비롯되었음이 분명하다. 높은 위험성에도 대장내시경을 군이 시행하려고 했던 건, 한 사람의 목숨을 살려내고야 말겠다는 의사로서의 자존심이었던 것이다.

하지만 해당 교수님은 예측되는 위험을 피하지 않았다는 이유로 금고형을 선고받고 법정구속 되었다.

생판 모르는 남의 목숨을 살려내고자 똥으로 가득 찬 배 속을 헤집으며 사투를 벌여본 적 있는가? 제발 살려 달라고, 우리의 노력을 헛되게 하지 말아 달라고 믿지도 않는 신에게 빌어가며 밤새 뜬눈으로 중환자실을 지켜본 적 있는가? 남들이 모두 기피하는 외과의사로 살면서도, 사람을 살리는 의사라는 자존심 하나로 버텨 온 지난 세월이다. 그 마지막 보루가 무너지는 순간 외과의사로서의 내 삶은 끝이다.

그때 그 아흔 살 할머니와 다시 마주한다면 나는 어떤 결정을 내려야 할까? 응급수술을 하고 환자가 잘못되면 소송을 당하고 형사처벌될 수도 있다는 가능성을 알면서도 여전히 할머니를 살려야 한다는 내 자존심을 고집할 수 있을까? 위험을 무릅쓰고 수술을 하느니 조용히 돌려보내는 것이 옳은 결정일까? 예견되는 위험을 피하기 위해 살릴 수 있는 사람의 손을 놓는다면, 나는 사람을 살리는 의사가 맞는 것일까?

사람을 살린다는 자존심을 지키기에는 바이탈을 다루는 의사를 향한 세상의 잣대가 너무 가혹하다. 슬프고, 무섭다.

간절함이 좋은 의사를 만든다

외래 문을 열고 들어가니 여느 때와 다름없이 학생이 다소곳이 앉아있다. 외래 진료를 참관해서 얻을 것이 얼마나 있겠냐마는 뭐 그것도 실습의 일환이니까. 앵무새처럼 똑같은 말을 반복하는 나도 힘들지만, 그 광경을 몇 시간씩 뒤에서 보고 있는 학생들은 더 힘들 것이다. 병원 실습이라는 것이 그렇다.

외래 진료가 끝나갈 무렵 무심한 듯 학생에게 물었다.

"질문 있어요?"

매번 물어보지만 큰 기대를 하지는 않는다. 입을 꾹 다물고 아무 말도 하지 않는 학생이 절반이 넘으니까. 하지만 질문이 없다고 절대 학생을 나무라지는 않는다. 나 역시 아무런 질문이 없는 학생 중 한 명이었기 때문이다. 왜 아무런 질문이 없느냐고 학생을 다그치지도 않는다. 그래봤자 없는 질문을 억지로 만들어 낼 수는 없다는 것을 너무나 잘 안다. 한 3초쯤 질문이 없으면 서로 뻘쭘해지기 전에 빨리 마무리하는 것이 상책이다.

"그래, 원래 뭐가 궁금한지조차 모르는 것이 학생의 본분이지. 수고

했어요, 가 보세요."

　개중 일부는 교과서를 찾아보면 나오는 뻔한 질문을 한다. 외래가 끝나면 질문이 있는지 물어본다는 것이 족보로 전해지다 보니 억지로 만들어 온 것이 드러나는 준비된 질문이다. 그 정도는 수업 시간에도 배웠고 교과서든 인터넷이든 어디든 조금만 찾아봐도 나오는 것인데, 그걸 질문이라고 하고 있느냐고 쏘아주고 싶은 마음을 애써 숨기고 성의껏 대답해 준다. 나는 친절한 교수이니까. 나머지 일부 학생은 실습 마지막 날 있을 논문 발표와 관련한 질문을 한다. 참 실용적인 학생들이다. 마찬가지로 정성껏 답변해 준다. 나는 어디까지나 자상한 교수님이니까.

　"저기, 아까 수술 참관 중에 궁금했던 점을 미처 여쭤보지 못했었는데, 지금 여쭤봐도 되겠습니까?"

　학생이 조심스레 입을 연다.

　"물론이지. 뭔데요?"

　"오전에 LATA[7] 수술을 참관했는데, 저희가 수업 시간에 배울 때는 직장암 수술은 LAR[8] 아니면 APR[9] 밖에 안 배웠었는데 LATA는 수술을 봤더니 항문을 살려서 hand-sewn anastomosis[10] 를 하던데 어떤 경우에 이런 수술을 하는 건지요?"

　"좋은 질문이다."

---

7) Laparoscopic abdomino-transanal proctosigmoidectomy. 복강경 경복경항문 직장절제술. 항문을 살려 연결하는 저위 직장암 수술의 한 방법
8) Low anterior resection. 저위전방절제술.
9) Abdominoperineal resection. 복회음절제술. 항문을 포함하여 직장을 절제하고 말단결장루를 조성하는 수술.
10) 자동문합기를 사용하지 않고 손으로 직접 꿰매는 문합 방법

모든 질문은 일단 좋은 질문이다. 질문이 있다는 것 자체로 칭찬받아 마땅하다는 것이 내 지론이어서, 일단은 질문을 했다는 것에 대한 칭찬으로 답변을 시작한다. 오랜만에 수술 중에 직접 고민한 흔적이 드러나는 질문이라 더욱 성의껏 답변해 주었다. 내 답이 끝나자마자 질문이 이어진다.

"교수님, 제가 보기에는 항문 내괄약근도 절제하는 것으로 보이던데, 그러면 대변 조절이 되는지요? APR 수술과 비교했을 때 정말로 이득이 있는 것인지 궁금합니다."

어라, 요것 봐라. 핵심을 꿰뚫는 질문이다. 마침 외래 진료 도중 연락을 받은 응급실 환자 기록을 살피느라 컴퓨터 모니터에 시선을 고정한 채 대답을 하다가, 호기심이 생겨 의자를 돌려 학생과 눈을 마주하였다. 언뜻 봐도 서른은 넘어 보이는, 연식이 좀 있어 보이는 학생이다. 질문을 위한 질문이 아니라, 정말 궁금해 죽겠다는 표정이다.

"아주 좋은 질문입니다."

질문에 대한 자세한 설명을 끝내고 슬쩍 물어보았다.

"그런데 학생은 나이가 어떻게 되나요?"

"올해 서른셋입니다."

"동기들보다 나이가 꽤 많네요. 뭐 하느라 늦었지?"

"원래 공대를 졸업하고 회사를 다녔었는데, 제가 하는 일이 과연 가치 있는 일인가에 대한 고민을 하다가 의사가 되어야겠다고 결심하고 의대에 다시 입학했습니다."

역시 그런 것이었다.

"그래서, 의대 와 보니 어떤가요?"

"지금까지는 매우 만족하고 있습니다."

"그래, 열심히 해서 훌륭한 의사 되세요. 수고했어요, 가 보세요."

소설 『신이 선택한 의사』에서 중세시대 이발외과의였던 주인공은 정식 의학교육을 받겠다는 일념 하나로 유대인 행세를 하는 모험까지 감수하면서 페르시아의 의학교에 들어간다. 더 이상 무엇인가를 해줄 수 없어 죽어가는 환자를 그냥 지켜볼 수밖에 없는 상황에서의 절망감을 견딜 수 없었던 주인공이 보여주는 최고의 의술에 대한 의지는 그야말로 간절하다. 주인공이 당대 최고의 의사로 거듭날 수 있었던 주된 이유는, 타고난 능력을 더욱 빛나게 만들어 주었던, 바로 그 간절함이다.

내가 서울대학교 의과대학에 입학하게 된 건 환자를 살려야겠다는 사명감이라든가 의학을 한 단계 발전시키고 싶다는 거창한 포부 때문이 아니었다. 당시 공부 좀 한다는 학생들은 누구라도 서울대학교 의과대학 입학을 꿈꿨고, 나도 당연히 그래야 하는 줄 알았다. 나는 그 좁은 문을 마침내 통과했고, 세상을 다 얻은 듯 기뻤다. 하지만 진로에 대한 큰 고민 없이 입학한 의과대학은 내 적성과는 거리가 있었고, 나는 의과대학 재학 시절 내내 이게 과연 내 길이 맞는 것인가에 대해 뒤늦은 고민을 해야만 했다. 무사히 졸업이라도 할 수 있었던 건, 의과대학 공부에서 내 적성을 찾아서가 아니라, 학교를 뛰쳐나가 새로운 길을 찾아갈 용기가 부족했기 때문이었다. 내가 정말 이것이 내 길이라는 확신을 가지게 된 건 외과 전공의를 시작하고 나서였다.

요즘 의과대학 학생들은 더한 것 같다. 내가 뭘 잘하는지, 무엇을 하고 싶은지에 대한 깊은 성찰 없이 공부 좀 한다는 친구들은 전부 의과대학으로 모여들다 보니, 정말 좋아서, 궁금해서, 하나라도 더 알고 싶어서 '덤벼드는' 학생들을 찾아보기가 힘들다. 시키니까 하고 마지못해 하는 것이 그대로 드러난다. 나도 그랬으니 그들을 비난하고 싶지는 않지만, 늦게라도 자기 길을 찾아가야 할 텐데 그러지도 못할까 싶어 걱정이 앞선다.

오늘 외래에서 만났던 서른 줄의 학생에게서 느꼈던 간절함은 그래서 새로웠다. 하나라도 더 알고 배우고 싶은 의지가 절실히 전해졌다. 생각해보면 유난히 특출났던 내 동기들도 하나같이 이런 간절함이 몸에 배어 있었던 것 같다. 그네들이 결국 각자의 자리에서 우리나라를 대표하는 의사로, 의학자로 성장하고 있다. 자왈, "지지자불여호지자(知之者不如好之者), 호지자불여락지자(好之者不如樂之者)"라고 하였다. 무릇 즐기는 자를 이길 수는 없는 법이다. 배움이 좋아서 즐기는 것이 겉으로 드러났던 그 학생은 분명히 좋은 의사가 될 것이다.

오늘 수술장에서 다시 만난 그 학생에게 물었다.

"무슨 과에 관심이 있어요?"

"외과계에 관심이 있습니다."

외과 실습 중에 의례적으로 한 말일지도 모르겠지만, 나는 진심이라고 믿기로 했다.

"그래? 그럼 학생 외과 하세요. 외과는 자네 같은 학생은 언제든 환영입니다. 진심으로 스카우트 제의하는 것이니 깊이 생각해보도록."

"네, 감사합니다."

얼마나 진지하게 생각할지는 모르겠지만, 내 말 한마디가 약간의 마음의 변화를 일으킬 수도 있겠지. 3년 뒤에 외과 1년차로 다시 만났으면 좋겠다. 진심이다.

건강검진이 전부가 아닙니다

얼마 전 있었던 일이다. 차를 몰고 주차장을 나서는데 갑자기 계기판에 있는 모든 경고등이 켜지더니 차가 멈춰 서버렸다. 식은땀이 주르륵 흘렀다. 잽싸게 비상등을 켜고 시동을 다시 켜니 몇 번의 힘겨운 엔진 소리가 나더니 시동이 어렵게 걸리면서 엔진 경고등이 들어왔다. 내 사정을 알 리가 없는 뒤차는 그새를 참지 못하고 경적을 울려 댔고, 나는 어렵게 차를 빼서 빈 공간에 다시 주차하고 호흡을 가다듬었다. 주차장에서 그랬으니 망정이지 도로 한가운데에서 그랬다면 정말 큰일 날뻔했다.

놀란 가슴을 진정시키고 나니 화가 나기 시작했다. 차량 정기 점검을 받고 바꾸라는 소모품을 싹 다 교체한 지 채 한 달이 되지 않았는데 주행 중에 차가 멈춰 서다니. 11만 킬로미터 탄 차를 앞으로 최소 5년은 더 타겠다는 의지로 수십만 원을 들여 정비했는데, 한 달 만에 고장이 나는 것이 있을 수 있는 일인가. 제대로 따져야겠다고 마음먹고 여전히 엔진 경고등이 켜진 채 평소와 다른 괴상한 엔진 소리를 내고 있는 차를 끌고 혹시나 다시 멈춰 서지는 않을까 조마조마한 마음을 달래 가며 정비소로 향했다. 정비소로 가는 길은 한없이 멀기만 했다.

"무슨 일 때문에 오셨죠?"

"엔진 경고등이 떠서요."

"한번 봅시다."

정비소 아저씨는 대수롭지 않게 대답하더니 차량 진단 스캐너를 연결했다. 나는 목숨 걸고 겨우겨우 운전해 왔는데, 너무나 차분한 정비소 아저씨의 대응에 다시 화가 치밀어 올랐다. 아니 이보세요, 내가 사고를 당할 뻔했다고요. 불과 한 달 전 다른 곳도 아닌 바로 여기서 정비를 했던 이 차가 갑자기 멈췄다고요! 부글거리는 속을 애써 가라앉히고, 나는 대뜸 화부터 내는 진상 고객은 아니라는 자기 최면을 걸면서, 조용히 단호한 어조로 물었다.

"그런데요, 여기서 정기 점검받은 지 한 달밖에 안 되었거든요. 소모품도 싹 갈고요. 근데 이렇게 바로 고장이 나는 게 있을 수 있는 일인가요?"

나는 당황해 어쩔 줄 몰라 하는 아저씨의 모습을 상상하며 속으로 씨익 웃었다. 어떻게 하면 품위 있게 화를 낼 수 있을까 속으로 고민하고 있는데, 아저씨는 여전히 대수롭지 않게 대답했다.

"당연히 그럴 수 있지요."

"…네?"

그게 왜 당연하냐며 미간을 찌푸리고 있는 나를 보며 아저씨가 말을 이었다.

"건강검진 받으시죠?"

이것 보세요. 물론 모르시겠지만 제가 바로 의사입니다.

"네, 받죠."

"사람이 건강검진 받았다고 안 아파요?"

어라. 이건 내가 내 환자들한테 하는 말인데. 말문이 막혀 아무 말도 하지 못하는 나에게 아저씨가 웃으며 말했다.

"정기 검진은 기본적으로 중요한 부분들 점검하고 시기에 맞춰 소모품 교체하고 그게 전부예요. 차량 고장의 원인은 수백 수천 가지인데 그걸 전부 예상하고 막을 수는 없어요. 십만 키로 넘게 타셨으니 이제 한 군데씩 잔고장이 날 거예요. 그때그때 고쳐가면서 타는 거죠."

아저씨의 말이 백번 옳은 것 같아 나는 한마디 반박도 하지 못했다. 정비소 아저씨는 엔진에서 무슨 센서를 하나 교체했고, 이후로 아무런 문제 없이 잘 타고 다니고 있다.

대장암 환자들이 외래에 처음 내원하면 나에게 이것저것 궁금한 것들을 물어본다. 대체 암이 왜 생긴 건지, 나는 몇 기나 되는지, 수술받으면 괜찮은 건지, 완치는 가능한지 등등 비슷비슷한 질문이 쏟아지는 가운데, 몇몇 억울한 환자들은 불만을 토하기도 한다.

"교수님, 저는 올해 건강검진에서 이상이 없었거든요. 그런데 대장암이라니, 말이나 됩니까?"

어떤 문제인지 뻔히 짐작이 가기에 나는 미소를 띠고 물어본다.

"어떤 검진 받으셨는데요?"

"어떤 검진이라뇨. 검사하라고 통지서 날아오잖아요. 그거 받았죠."

역시나 그랬다. 환자는 국가암검진을 받았고, 대장암검진에서는 이상이 없다는 판정을 받았는데, 얼마 지나지 않아 대장암을 진단받고 온 것이다. 환자 입장에서는 억울할 만도 하다. 나라에서 시키는 대로 2년에 한 번씩 꼬박꼬박 검진을 받았고 이상이 없다고 국가가 공인을 해주었는데 그게 아니라니, 암을 찾아내지도 못할 거면 대체 국가암검진이라는 이름을 붙여 놓은 이유는 무엇이며, 이것은 국가가 국민을 기만하는 것이 아닌가 말이다.

…네, 아닙니다. 국가는 여러분을 속이지 않았습니다. 적어도 이번에는요.

국가암검진은 암을 조기에 발견하기 위해 국가 차원에서 진행하는 검진 사업이다. 흔히 5대암이라고 하는 위암 대장암 간암 유방암 자궁경부암에 대하여 검진을 시행해 왔고, 최근에는 폐암 검진이 추가되었다. 각 검진마다 검사 방법과 간격이 다른데, 대장암의 경우 매년 혹은 2년에 한 번씩 분변잠혈검사(fecal occult blood test)를 시행한다. 분변잠혈검사는 눈에 보이지 않는 소량의 피가 대변에 섞여 있지 않은지를 검사해서 대장암을 스크리닝하는 방법이며, 분변잠혈검사에서 양성(positive)으로 나온 경우 대장내시경 검사를 추가로 권하게 된다.

문제는 분변잠혈검사의 예측도가 그리 높지 않다는 데 있다. 분변잠혈검사에서 양성(positive)이라고 하더라도 대장암이 아닌 경우가 더 많다. 대장암이 아닌 다른 이유로 소량의 혈액이 섞여 들어갔을 수도 있고, 혈액이 아닌 다른 성분에 반응해서 결과가 양성으로 나오기도 한다. 반대로, 분변잠혈검사에서 음성(negative)이라고 하더라도 대장암이 아니라고 확신할 수는 없다. 음성이어도 대장암이 발견될 확률이 30-40% 이상까지도 보고가 되고 있어서, 분변잠혈검사 결과만 믿고 나는 대장암이 아니라고 안심해서는 안 된다는 이야기다. 대장암 검진의 가장 확실한 방법은 대장내시경 검사다.

그렇다면 왜 국가암검진 사업은 대장내시경이 아닌 분변잠혈검사를 시행하고 있는 것일까?

대장내시경 검사는 상당히 침습적인 검사다. 쉽게 말해서 꽤 위험할 수 있는 검사라는 말이다. 시술 중 출혈이나 천공 등의 합병증이 발생할 가능성이 있고, 일단 천공이 발생하면 응급수술이 필요할 수도 있는 위급한 상황이 된다. 또한 대장내시경 검사는 장정결이라고 하는, 검사를 위해서 장을 깨끗하게 비우는 지난한 준비 과정이 필요한데, 이 과정이 여간 고역이 아니다. 물론 대장내시경 검사를 모든 국민을 대상으로 하면 대장암은 더 많이 발견해 낼 수 있을 것이다. 하지만 검사에 따르는 합병증 우려와 그로 인한 사회적 비용 등이 대장암의 조기 발견으로 인한 이득을 상쇄하고도 남을 만큼 더 크다. 그렇기 때문에 대장내시경 검사는 일반적으로 전 국민을 대상으로 하는 검진 방법으로는 권장하지 않는다. 우리나라는 대장내시경 검사 대신에 싸고 간편한 분변잠혈검사를 통해 스크리닝을 하고, 이상이 있는 환자에 대해서만 대장내시경 검사를 권하고 있다.

하지만 이것은 국가암검진 사업에만 해당하는 이야기이다. 모순적으로 들릴 수 있지만, 의사들은 5년에 한 번 정도는 대장내시경 검사를 받아 보기를 권한다. 대장내시경을 전 국민을 대상으로 하는 검진 사업으로 시행하는 것은 무리이지만, 대장암 조기 검진을 꼭 원하는 사람이라면 분변잠혈검사만으로는 한계가 있기 때문에, 장정결의 불편함과 검사의 위험성을 감수하고라도 대장내시경 검사를 받아 보기를 권하는 것이다. 꼭 명심하시기를 바란다. 적어도 5년에 한 번은 대장내시경을 받으시라.

검진은 어디까지나 검진이다. 검진을 받았다고 해서 다 괜찮은 것은 아니다. 항상 관리해야 하고, 이상이 없는지 늘 살펴야 한다. 그것이 건강을 지키는 방법이다. 차든, 사람이든.

운수 좋은 날

나는 분명히 몸도 마음도 지쳐 있었어. 이유는 잘 모르겠지만, 수술이 어렵고 오래 걸릴 환자들은 연이어 오는 경향이 있어. 여태껏 이런 적이 없었을 만큼 수술이 어려울 것으로 예상되는 환자들이 한꺼번에 몰려와 줄줄이 대기하고 있는 중에, 하필이면 우리 팀 전공의가 사직을 했단 말이야. 그러거나 말거나 예정된 수술을 취소할 수는 없는 노릇이잖아. 병동 환자 콜 받아야지, 오더 내야지, 정규 수술은 힘들기 짝이 없지, 응급 환자는 또 왜 그렇게 몰려오는지. 꾸역꾸역 일을 해 나가다가도, 내가 무슨 부귀영화를 누리자고 여기서 이 고생을 하고 있느냐는 생각이 문득문득 솟아오르는 것을 막을 도리가 없었어.

그렇게 헤어날 수 없는 우울감에 침잠해 있던 어느 날이었어.

특별할 것 없는 날이었어. 실은 오랜만에 비교적 어렵지 않은 수술이 예정되어 있던 날이었어. 에스상결장암 수술력이 있는 환자에게 새로 생긴 직장암 수술이 하나 있어 다소 어려울 것으로 예상되었지만, 그 정도야 지난 몇 주간 정말로 어려웠던 수술들에 비하면 아무것도 아니었어. 오늘은 오랜만에 수술을 일찍 끝내고 쉬어야겠다고 생각했어. 나는 정말로 휴식이 절실했어.

그야말로 오산이었어.

그날은 내가 외과를 시작한 이래로 가장 힘든 날이었어. 상상할 수 있는 최악의 일들이, 몇 년에 한 번 있을까 말까 하는 일들이 하루 동안에 한꺼번에 현실이 되어 몰아닥쳤어. 괴상하게도 오늘은 운수가 좋았다던 김첨지 뺨치는 '운수 좋은 날'이었어. 무슨 일이 있었는지 하나하나 다 이야기하면 구차해 보일까 봐 일일이 이야기하지는 않을 거야. 외과 밥 먹은 지 십오 년 만에 가장 힘든 날이었다면 대체 어느 정도였을지는 상상에 맡길게.

그리고 마지막 응급수술이 끝났어. 시간은 어느덧 밤 열 시를 향하고 있었고, 나는 녹초가 되어 상담실에 앉았어. 길고 길었던 하루가 마침내 끝나가고 있었어. 몇 번을 울고 싶었지만 울지 않았어. 눈물을 흘렸다가는 우울의 바닷속으로 깊이 가라앉고 말 것만 같아, 이를 악물고 참았어. 결국에는 울지 않고 버텨낼 수 있을 줄 알았어.

사실대로 얘기할게.

나는 내가 울고 말 거라는 사실을 상담실에서 기다리고 있는 보호자들을 마주한 순간 이미 깨닫고 만 거야.

환자는 서른 살이었어. 고작 서른 살. 암으로 스러지기에는 너무 이른 나이였어. 나는 최대한 감정을 싣지 않고 절제된 언어로 사실만 전달하려고 노력했어. 당신의 아들은 대장암인데 간 전체에 전이가 되었고 수술로 절제가 불가능한 상태다, 그런데 암이 진행을 너무 많이 한 나머지 천공이 발생하여 수술을 하지 않을 수 없었고, 천공된 대장만 절제했는데 간에 전이된 암과 혈관 주변 림프절들은 절제가 불가능하여 그대로 두고 나왔다, 암을 수술로 없앨 수 없다는 것은 완치는 어렵다는 말이다, 회복되고 나면 항암치료를 하겠지만 진행 정도와 암의 양상으로 미루어 보았을 때 예후는 좋지 않을 것이다, 올해를 넘기기 어려울 수도 있다, 라고 말이야. 아, 한 가지 더 있다. 천공의 정도가 심해서 장은 연결하지 못하고 장루, 그러니까 변주머니를 만들었는데 이건 항암치료를 지속해야 한다고 가정할 때 남은 평생 가지고 살아야 할 거라는 말도 했어.

앞날이 창창한 서른 살 아들에게 내리는 시한부 선고라니. 부모의 반응이 어땠을 것 같아? 부정하고, 분노하고, 애원하며 매달리는 부모를 달래 주어야 했는데, 나는 차마 그럴 수가 없었어. 내가 무슨 말을 해도 그들이 진정할 수 없을 것이라는 사실을 알고 있었거든. 내 피로

와 우울이 그들의 절망과 만나 상담실을 무겁게 짓눌렀어. 나는 숨조차 쉬기 어려웠지만, 그들이 일어서기 전에는 차마 자리를 뜰 수가 없었어. 그들의 절규와 오열을 받아줄 대상이 거기에 있어야만 했고, 나 말고는 달리 그 역할을 할 사람이 없었거든.

울고 싶은데 뺨 때린다는 말이 있잖아. 내가 딱 그 기분이었어.

울었어. 더 이상은 참을 수도, 참을 이유도 없었어.
애써 참아 왔던 눈물이 터지고 나니 주체할 수가 없었어. 그래서 울고 또 울었어.
아무도 없는 교수 탈의실에서, 나는 목놓아 울었어.
결국은 울고야 말았어.

내공(內功)

시쳇말로 역대급이었다. 손에 꼽을 만한 똥뺴였다. 장 천공으로 인해 배 속이 똥으로 가득한 빤뺴(범발성 복막염, panperitonitis의 은어), 줄여서 똥뺴. 덩어리진 대변은 석션(suction)이 되지도 않으니 손으로 퍼내는 거 말고는 별다른 방법이 없다. 똥 한 번, 한숨 한 번. 똥 한 번, 또 한숨 한 번. 어찌나 한숨을 쉬어 댔는지 한숨으로 수술방 전체에 가득 찬 똥냄새를 밀어낼 수도 있을 것만 같았다.

자궁암 재발 환자였다. 또 재발할 것이 무서워 2년째 아무런 치료도 검사도 하지 않았고, 일주일 전부터 배가 아팠는데 또 수술하자고 할까 봐 겁이 나서 끊어질 듯한 복통을 참다 참다 도저히 더 이상은 견딜 수 없어서 이제야 응급실로 왔단다. 생각하니 또 한숨이 나온다. 분명히 변 보기가 힘들었을 텐데. 평소에도 배가 아팠을 텐데. 미리 검사했더라면 좋았을 것을. 일주일 전에만 왔어도 지금보다는 나았을 것을. 이런저런 생각을 하니 똥을 퍼내다 말고 분노가 치밀어 오른다. 환자를 때리고 싶지만 차마 그럴 수는 없으니, 때릴 사람을 찾아 주변을 둘러보았다. 마침 급한 병동 업무를 마치고 교대를 위해 스크럽 준비를 하던 2년차 N이 눈에 들어왔다. 옳거니.

"N 선생님…?"

"네?"

멸균 장갑과 가운을 준비하던 N이 깊게 쌍꺼풀진 두 눈을 크게 뜨고 무슨 일인지 묻는다.

"일단 저기 가서 무릎 꿇고 손들고 30분만 있다가 들어오세요."

"허허허."

나는 인상 팍 쓰고 진심으로 말했는데, 이건 뭐 교수 권위 같은 건 온데간데없어서 N은 내 지시 따위는 가볍게 무시하고 스크럽을 위해 수술방 문을 열고 나가버렸다. 이 모든 사태가 다 누구 탓인지도 모르고. 이건 다 자네 탓이란 말이다. 자네가 원흉이란 말이다.

의사들 사이에 널리 통용되는 소위 내공(內功)이라는 은어가 있다. 같이 수련을 받더라도 꼭 누구는 어려운 환자를 도맡고 응급수술에 죄다 참여하게 되는 반면, 누구는 용케도 쉬운 환자만 맡으면서 응급수술과는 담을 쌓고 살게 되는데, 그것이 바로 내공의 차이인 것이다. 내공을 쌓지 못한 자, 밀려드는 환자를 맞이하게 될지니. 전공의 시절 내공 부족하기로 선두를 다투던 외과 동기들이 몇몇 있었는데, 그 중에는 나도 포함되어 있었다. 말 만들기 좋아하는 동기 누군가가 호를 만들어 주었는데, 위장이든 대장이든 충수든 쓸개든 뭐든 죄다 터진 환자들만 받는 모 동기의 호는 천공이요, 일단 왔다 하면 중증 패혈증으로 진행하는 내 호는 패혈이었다. 패혈 이수영 선생. 호까지 붙은 마당에 아니라고 해 봤자 아무도 믿어 주지 않았다. 그래, 나는 내 공이 좋지 않은 전공의였다.

근원을 따지고 올라가면 외과 전공의 시작 첫 주부터 삐걱거렸다. 할 줄 아는 것도 아무것도 없이 2년차 형의 그늘 아래에서 어떻게 지나갔는지도 모르게 한 주를 보내고 난 첫 주말. 토요일 아침 SGR[11]이 진행 중인 C강당에 앉아 전공의 시절 공부도 좀 열심히 해봐야지라는 기특한 마음은 오간 데 없이 꾸벅꾸벅 졸던 중에 전화벨이 울렸다. 누구야, 매너 없게 잠을 깨우고 난리야, 비몽사몽간에 생각하고 있는데, 누군가 나를 흔들어 깨웠다. 이 선생 전화 받아. 이런 내 전화였네. 웬만해서는 SGR 중에는 병동 콜이 없는 것으로 알고 있는데 무슨 일일까.

"선생님, 51병동인데요, OOO 환자 MI 떴어요."

"…네?"

잠도 덜 깬 상황에서 현실 파악이 잘 되지 않았다.

"선생님 담당 환자 MI라구요!"

나는 여전히 멍하고 간호사만 다급하다. 내가 알고 있는 MI는 myocardial infarction밖에 없는데…. 잠깐만. MI라고? 내가 알고 있는 그 급성 심근경색? 그제야 정신이 번쩍 들었다. 멀쩡하던 병동 환자가 갑자기 MI라니. 대체 왜? 계단을 세 개씩 뛰어올라 5층에 헉

---

11) Surgical grand round. 모든 교수진과 전공의, 실습 학생이 참여하여 토요일 아침에 진행되는 서울대병원 외과의 컨퍼런스.

헉대며 다다르니 환자는 숨쉬기가 답답하다며 가슴을 부여잡고 있고 EKG[12]가 마구 찍어져 나오고 있는데 교과서에 나오는 ST elevation 과 T wave inversion[13]이 실시간으로 중계되고 있었다. 노련한 2년차 형님께서 이미 기본 혈액검사와 포터블 엑스레이 등등 할 수 있는 건 다 하고 순환기내과에까지 연락을 해 두신 상태라 내가 해야 하는 건 하나도 없었는데도, 괜히 내 심장이 벌렁벌렁 뛰었다. 아무래도 아까 계단을 너무 열심히 뛰어 올라왔나 봐.

상황이 어느 정도 진정되고 나서 2년차 형님께 슬쩍 물어보았다.

"형, 병동 환자 가끔 MI 생기기도 하고 그러나요?"

"아니, 처음 봐. 지난 1년간은 아마 한 명도 없었을걸? 너는 주치의 맡은 지 일주일 만에 왜 그러니? 벌써부터 이러면 걱정인데."

나는 아무 말도 할 수가 없었다. 조금은 억울하기도 했다. 그게 왜 제 탓이에요. 굳이 따지자면 환자 탓이지. 저는 제 환자라는 거 말고는 아무리 생각해도 잘못한 게 없는데.

이봐요 N 선생. 당신 탓이라고. 환자 자궁암이 재발한 것도, 일주일을 끙끙대며 참다가 온 것도, 우리가 지금 여기서 머리를 맞대고 똥을 퍼내고 있는 것도 결국은 다 당신 탓이야. 알아들어?

의사들은 어디다 하소연할 데도 없고 누구에게 책임을 물을 수도 없는데, 본인은 짜증이 나는 이런 상황이 오면 결국 누군가에게 투사

---

12) electrocardiogram. 심전도.
13) 급성 심근경색의 전형적인 심전도 소견.

를 할 수밖에 없게 된다. 그 '누군가'는 대개는 그런 상황에서 항상 옆에 있는 환자 담당 주치의다. 자네는 내공은 다 어디다 팔아먹고 이런 환자를 물어 왔는가? 어디서 환타를 얼마나 마셨길래 환자를 이렇게 타는 거냐 말이다. 오늘부터 환타 금지. 무조건 딸기우유만 먹는다. 알겠는가?[14]

N 선생, 진심이 아닌 거 알지요? 그냥 웃자고 하는 이야기인 거 알지요? 하지만 내 경험상, 처음에는 그냥 웃어넘기다가도, 같은 얘기를 너무 반복적으로 듣다 보면, 이게 진짜 사실인가 내가 정말 패혈증 환자를 끌어모으는 재주가 있나 싶어진답니다. 세뇌랄까요. 사람 참 우습지요.

하지만 내공이 달리는 것이 꼭 나쁜 것만은 아닙니다. 난 그걸 전문의 시험공부 할 때 처음 느꼈어요. 동기들이 모여 스터디를 하는데, 다른 친구들은 아무도 본 적 없는 병을 나는 당연히 다 보고 수술도 들어가고 그랬더라고요. 나는 서울대병원에서 수련받으면 다들 그런 병은 한 번쯤 경험하고 지나가는 줄로만 알았어요. 나만 그런 거더라고요. 그게 쌓여서 다 실력이 되고 그런 겁니다.

N 선생님. 장담컨대 그대는 아주 실력 있고 유능한 외과의가 될 겁니다.

…위로입니다.

---

14) 환타를 마시면 환자를 탄다, 즉 어렵고 손이 많이 가는 환자나 응급 환자를 많이 보게 되고, 딸기우유를 마시면 내공을 쌓을 수 있다는 속설이 있다.

슬기로운 의사생활, 드라마와 현실 사이

자주 가는 미용실에서 지난 주말 머리를 잘랐다. 미용사와 이런저런 이야기를 나누던 중 자연스럽게 드라마 「슬기로운 의사생활」 이야기가 나왔다. 의사가 주인공인 드라마는 참 끊이지도 않고 나온다. 「낭만닥터 김사부 2」 끝난 지 얼마나 되었다고 또 새로운 드라마다.

"그런데 뭐 하나만 물어봐도 돼요?"

"네, 물어보세요."

단골이다 보니 미용사는 내가 대학병원에서 일하는 외과의사라는 사실을 알고 있다.

"수술 들어가기 전에 손 씻잖아요. 그리고 나서 손은 왜 눈앞에 척 들고 들어가는 거예요?"

미용사의 질문에 대답 대신 파안대소를 해 버렸다. 며칠 전 아내도 한참 드라마에 빠져서 보다가 똑같은 질문을 던졌었다. 그게 그렇게들 궁금한가 보다. 그런 호기심이 의학 드라마가 인기 있는 이유이기도 하겠지.

"그건요, 손을 팔꿈치보다 높게 유지하려는 거예요. 혹시라도 오염된 물이 손으로 흘러서 기껏 씻은 손이 다시 더러워지면 안 되니까 물이 손에서 팔꿈치 쪽으로 흐르도록 하는 거죠."

"아, 그런 거군요."

미용사는 그제야 궁금증이 풀렸는지 연신 고개를 끄덕였다.

하지만 사실은, 내가 한 설명은 반은 맞고 반은 틀렸다.

수술장에서 일하는 누구도, 적어도 내 주변에서 일하는 사람 중에서는 그 누구도 손을 그렇게 쳐들고 들어가지 않는다. 손을 팔꿈치보다 높게만 유지하면 되기 때문에 가슴 높이 정도로 드는 것이 제일 자연스럽다. 양손을 눈높이까지 들고 뻣뻣하게 들어오는 것은 이제 막 병원 실습을 시작한 의과대학 3학년 학생들이나 하는 행동이다.

의학 드라마 하면 대명사처럼 떠오르는 「하얀거탑」부터 시작해서 「뉴하트」든 「브레인」이든 뭐든 우리나라에서 만든 의학 드라마의 수술 장면은 하나같이 쓸데없이 비장하다. 「하얀거탑」의 OST가 뚠뚠 뚜두둔 하고 흘려 퍼져야 할 것 같은 긴장감. 내가 이 환자를 구하고 말겠다는 굳은 의지를 담은 눈빛. 거기에 양념처럼 항상 더해지는 것이 바로 눈높이로 쳐든 양손이다.

실상은 그렇지 않다. 그래서는 안 된다. 수술은 '일상'이 되어야 한다는 것이 내 지론이다. 물론 수술 중 긴장의 끈을 놓아서는 절대 안 된다. 하지만 그것은 항상 긴장 상태로 있어야 한다는 의미가 아니다.

온몸의 긴장을 풀고 편안한 상태로 수술에 임하되 정신이 흩어져서는 안 된다는 것이다.

이는 운전과도 비슷하다. 운전대를 잡는다는 것은 매 순간 집중을 해야 하는 행위이다. 그렇다고 해서 팔다리에 힘 빡 주고 운전 내내 긴장하는 것은 오늘 처음 운전대를 잡은 초보자나 하는 짓이다. 운전을 '잘'하는 사람은 운전하는 내내 편안하다. 단지 돌발 상황이 왔을 때 신속하게 대처할 수 있도록 신경을 날카롭게 유지하고 있을 뿐이다.

외과의사는 항상 긴장을 풀려고 노력한다. 나 역시 마찬가지이다. 그래서 음악도 틀고, 시시콜콜한 잡담도 한다. 그것이 오히려 집중력을 유지하는 데 훨씬 도움이 된다. 수술장에서는 내가 지휘자다. 내가 긴장을 하게 되면 내 리듬만 흐트러지는 것이 아니라 그 긴장이 수술장 모든 구성원에게 전해져 결국은 나쁜 결과를 가져오게 된다.

수술 시작 전부터 내가 당신을 살리고야 말겠다는 굳은 결의를 품고 양손을 눈높이로 힘껏 들고 들어가는 행위는, 그래서, 틀렸다. 긴장은 풀라고 있는 것이다.

「슬기로운 의사생활」은 그래도 세부 묘사가 굉장히 사실적이다. 피 묻은 거즈를 바닥에 늘어놓고 카운트하는 장면이라든가, 감수를 맡으신 의사 선생님께서 상당히 세세한 부분까지 챙겨 주신 흔적이 여러 군데에서 보인다. 그래도 손을 들고 들어오는 저 장면만은 제작진이 차마 포기할 수 없었나 보다. 그게 시청자들 입장에서는 이미 수술 시작 전 '스탠다드'로 굳어져 버렸을 테니까. 마치 어떤 클리셰처럼.

아, 현실과 다른 점은 또 있구나.

잘 생기고 유머 감각도 뛰어난데 노래까지 잘하는 의과대학 수석 졸업생은 이제 더 이상 외과를 선택하지 않는다.

──────── 아프지 말아요, 우리

"아이고, 예쁘기도 하지. 참 예뻐."

예쁘다는 말을 듣는 것이 얼마 만인가. 예쁘다는 형용사가 삼십 대 후반의 사내에게 어울리는 말인지는 모르겠지만, 여든이 넘은 할아버지는 무사히 수술이 끝난 기쁨과 감사함을 담당 교수의 손을 꼭 붙잡은 채 예쁘다는 말로 수식하고 있었다.

"네, 어르신. 수술 잘 끝났습니다. 아주 예쁘게 잘 되었어요. 심호흡 하시고 내일부터 조심조심 걸어 다녀 보세요, 아시겠지요?"

한참을 두 손을 맞잡고 함께 웃어드렸다.

회진을 끝내고 연구실로 올라오니 잊고 있었던 복통이 다시 올라온다. 오늘 온종일 먹은 거라고는 이온음료 한 통이 전부다. 다리가 후들거린다. 아까 먹은 타이레놀 약효가 이제야 올라오는지 머리는 어지러운데 어찌 된 영문인지 복통은 그대로이다. 의자에 몸을 파묻고 눈을 감았다. 아, 그래도 오늘 수술은 일찍 끝나서 천만다행이다. 수술 하나가 취소되었기에 망정이지, 안 그랬으면 더 힘들 뻔했다.

연례행사처럼 찾아오는 복통인데 이번엔 정도가 좀 심했다. 어제 피

검사를 했더니 CRP[15] 수치가 8이 넘는다. 세상에, 내 입원 환자들보다 내가 염증 수치가 더 높다니, 모순도 이런 모순이 없다. 당최 누가 누굴 치료하겠다는 건지. 내가 당장 입원해야 할 판이다. 잠깐이라도 입원해서 금식하고 수액이라도 맞는 게 어떠냐는 내과 교수님의 권유를 뿌리치고 약만 처방받았다. 며칠만 입원해도 훨씬 빨리 나아질 것도 같은데, 차마 그럴 수가 없었다. 어제 오후에만 외래 환자가 서른 명이 넘었고, 오늘은 하루 종일 수술 스케줄이 잡혀 있는데, 그들은 누구에게 맡긴다는 말인가.

당장 내가 진료를 절대 할 수 없는 상황이면 모를까, 내 환자를 다른 교수님들께 부탁드리는 것은 죽기보다도 더 싫다. 나에게 찾아왔고 나를 믿고 나한테 몸을 내맡긴, 내 환자다. 그 믿음을 내 본위로 다른 사람에게 떠넘기는 건 도저히 용납할 수 없다. 남다른 희생정신을 가졌다거나 사명감이 투철하다거나 하는 이유 때문이 아니다. 이건 어디까지나 개인과 개인의 신뢰에 관한 문제다. 나는 나에게 믿음을 보여준 환자에게 보답을 해 주어야 할 책임이 있다. 그래서, 의사는 마음 놓고 아프지도 못한다.

눈을 감고 누우니 몇 달 전 있었던 일이 떠오른다. 여느 때와 다름없는 분주한 아침, 수술장 탈의실에 들어서다가 흠칫 놀랐다. A 교수님께서 교수 탈의실에서 환자복을 주섬주섬 벗고 계시는 것이 아닌가.

15) C-reactive protein. C 반응성 단백질. 체내 염증반응을 나타내는 피검사 수치.

다리에는 경피배액용 주머니가 묶여 있다. 이게 무슨 일인가 싶어 여쭈었더니, 간농양이 생겨서 어제 경피배액관을 넣으셨다고 한다. 간농양은 그렇게 간단히 치료되는 질환이 아니다. 간농양이 생긴 환자는 입원시켜서 최소 일주일은 정맥 주사로 항생제를 쓰고, 그 이후로도 한 달간은 경구 항생제를 써야 한다. 그런데 교수님께서는 배액관을 넣은 지 하루 만에 수술 집도를 위해 옷을 갈아입고 계신 것이다.

"푹 쉬어야 나으실 텐데요."

걱정스레 말씀드렸더니 돌아오는 대답은 예상했던 대로다.

"수술이 줄줄이 밀려 있는데 그럴 수가 있나요."

"그게 무슨 말씀이세요. 교수님 건강이 먼저지."

뻔한 얘기에 교수님께서는 대답 대신 그저 웃으시고는 수술장으로 서둘러 들어가 버리셨다. 이게 아닌데. 이래서는 안 되는데. 의사들의 희생을 담보로 하는 의료는 오래 유지되기 힘든데. 현재 우리나라의 의료가 세계 최고 수준으로 유지되는 저변에는 의사들의 보이지 않는 헌신이 넓게 깔려 있다는 사실을 환자들은 알까? 오늘 A 교수님께 수술을 받는 환자는 담당 교수님이 오늘 아침까지 입원 중이었다는 사실을 과연 알고 있을까? 마음이 헛헛해졌다. 대학병원 교수들은 무엇 때문에 이러고 사는 것인지. 대체 무슨 부귀영화를 누리겠다고.

말은 이렇게 했지만, 가만히 생각해보면 그때 A 교수님께서 보여주신 행동을 내가 오늘 똑같이 했다. 의사의 헌신으로 유지되는 의료는 절대 안 된다고, 의사들의 건강이 먼저라고, 쉴 땐 쉬어가면서 일해야 한다고 혼자서 혀를 끌끌 찰 때는 언제고 막상 나도 같은 짓을 되풀이한 것이다. 남 얘기할 때는 아프면 쉬어야지 대체 왜 그러느냐고 쉽게 얘기하면서도, 막상 내가 아프면 무엇에 홀리기라도 한 것처럼 일을 손에서 놓지를 못한다. 도대체 왜 그러는 것일까?

타이레놀 두 알에 정신이 몽롱하니 온갖 생각이 머릿속을 맴돈다. 그래, 의사들은 다 똑같아. 내가 아니면 안 된다는 자부심으로 똘똘 뭉쳐 있지. 내 걸 누가 건드리는 것을 도저히 받아들이지 못하는 이기적인 종자들이라고. 『숨결이 바람 될 때』 쓴 폴 칼라니티 봐봐. 폐암 판정을 받고서도 끝끝내 수술장으로 돌아가잖아. 마지막에 마지막까지 수술을 놓지 못하잖아. 그게 결코 환자를 위하는 숭고함 때문이 아니라고. 의사 자신을 위해서야. 환자가 아니라 내 스스로를 지키려는 몸부림이었다고. 영감님, 듣고 있어요? 내가 오늘 바득바득 수술을 한 건 영감님을 위해서가 아니라 나를 위해서였어요. 조금 아프다고 드러누워 내 책임을 떠넘기는 건 내 존재의 의미를 스스로 부정하는 것 같아 견딜 수가 없어서였다고요. 영감님, 알아들어요?

들어주는 이 없는 독백을 하노라니 졸음이 밀려온다. 에라 모르겠다, 조금만 자자. 한숨 자고 나면 잡생각도 사라지고 컨디션도 조금은 나아지겠지. 까무룩 잠에 빠져들었다.

일주일이 지났다. 그저 누워서 쉬고 싶은 할아버지와 어떻게든 운동을 시켜야겠다는 딸은 한 주 내내 병동에서 티격태격 중이다. 딸과 함께 병동을 걷고 있던 할아버지는 회진을 위해 저 멀리서 다가오는 실루엣만 보고도 나를 용케 알아보고는 양손을 휘저으며 성치도 않은 다리로 반갑게 달려온다.

"아이고, 고맙네, 고마워. 정말 고마워."

할아버지는 눈에 눈물이 그렁그렁한 채 맞잡은 두 손을 놓을 줄을 모른다.

"고맙긴요, 어르신. 이게 다 따님이 잘 간호해 드린 덕분이에요. 이제 곧 퇴원하실 수 있겠어요."

"살려줘서 고마워. 복 받을 거야."

이것이야말로 외과의사만이 누릴 수 있는 최선의 기쁨이자 행복이다. 내 환자들만큼은 쾌차해서 퇴원하는 것. 설령 구급차에 실려 들어오셨더라도 퇴원할 때는 걸어서 가실 수 있도록 하는 것. 그게 좋아서 외과를 선택한 것이니까. 어르신, 수술도 예쁘게 잘 되었으니 오래오래 사셔야 합니다. 부디 천수를 누리셔야 해요. 다른 사람도 아닌, 제 환자이시니까요.

이젠 정말 아프지 말아야겠다. 이 짓거리 평생 해 먹으려면 내가 아프지 말고 오래오래 살아야 할 것 아닌가. 내가 건강해야 내 환자들도 건강하다.

분노조절장애

스승의 날을 맞이하여 쓰는, 스승님들을 위한 변명의 글

외과의사의 길로 들어선 이후 그야말로 여러 교수님들을 모시고 일했지만, 그 많은 교수님 중 일에 있어서 – 특히 수술장에서 – 허술한 모습을 보이시는 경우는 잘 보지 못했다. (뭐 어디까지나 예외는 있기 마련이다.) 찰나의 실수도 용납할 수 없는 수술장이라는 공간의 특성에 개개인의 본성이 더해진 결과일 것이다. 사석에서는 유머가 넘치고 부드러우신 분들도 일할 때는 전혀 다른 모습을 보이는 경우가 태반이니, 개개인의 성격으로만 설명할 수는 없는 부분이 존재함은 분명하다. 그러한 철두철미함과 완벽주의가 그들을 대학병원의 교수로 만들어 주었을 것이다. 하지만 때로는 이것이 주변인을 향한 비난과 질책의 형태로 나타나게 되기도 하는데, 이때 욕받이의 역할을 하게 되는 것은 대개는 스크럽 간호사 혹은 전공의이다.

개의 자식, 소의 자식, 욕을 항시 입에 달고 살던 사부님이 계셨다. 그분의 입에 오르내리는 사람들은 동물의 새끼 혹은 육체적/정신적인 병을 가진 사람, 때로는 쓸모를 다해 버려진 물건 정도의 취급을 벗

어나기가 힘들었다. 제2 조수로 참여한 수술에서 한 손엔 광원이 달린 기역자 리트랙터[16], 다른 한 손엔 맬리어블 리트랙터[17]를 들고 있는 힘을 다해 견인을 하고 있노라면 여지없이 너 때문에 아무것도 안 보인다는 시원한 욕지거리가 들리는데, 사실 어시스트 자리에서는 골반 저 깊숙한 곳이 절대 보일 리가 없어서 내가 잡고 있는 수술 기구들이 대체 어디를 걸고 당기고 있는지 알지도 못하는 상태로 그저 당기라는 대로 당기고만 있는데 나 때문에 안 보인다니, 팔이 빠져라 당기고 있는 입장에서는 그저 억울할 따름이었다. 그렇게 수술 내내 욕을 너무 많이 먹다 보니 수술에 집중은 더 안 되고 밥을 안 먹고 욕만 먹어도 배불리 살 수 있을 것 같다는 쓸데없는 생각만 머리에 맴도는데, 실은 욕을 먹는다고 배가 부를 리는 없어서 그 와중에도 배고픔이 밀려와 인턴 선생이 오늘 저녁은 뭘 시켰을까, 기분 좋은 상상에 빠져있다가 수술에 집중 안 하고 딴 생각한다고 또 욕을 먹게 되는 일의 반복이었다. 그분의 입에 오르는 욕의 대상은 절대 전공의에 국한되지 않아서 스크럽 간호사, 순환 간호사는 물론 타과 전공의와 교수, 외과 동료 교수에 이르기까지 그야말로 광범위했다. 분노에 차 있는 교수님을 바라보고 있자면, 분노조절장애[18]가 바로 이런 것이구나 싶었다.

그래서 생각했다.

---

16) 외과 수술시 사용하는 견인기(retractor)의 한 종류

17) Malleable retractor. 유연하여 구부려 사용할 수 있는 견인기의 한 종류.

18) 간헐적 폭발성 장애(intermittent explosive disorder)가 올바른 의학적 용어. 폭력이 동반될 수도 있는 분노의 폭발을 특징으로 하는 행동 장애.

나는 절대 저렇게는 되지 말아야지.

　정작 내가 교수가 되고 시간이 흐르자 스크럽 간호사, 외과 전공의는 물론 타과 전공의, 심지어는 개원의에 이르기까지 주변인들의 미숙함이 점점 더 눈에 들어오기 시작한다. 이 환자는 진작에 CT를 찍었어야지 대체 뭐 하고 있었던 거야? 이 환자는 내시경으로 해결하려고 할 것이 아니라, 곧바로 수술을 의뢰했어야지. 이 환자는 상태가 이 정도로 심각한데, 입원시켜서 일주일씩 데리고 있을 것이 아니라 바로 대학병원 응급실로 보냈어야지. 물론 의학에 '무조건'이란 없다. 내가 그들을 탓하는 건 어디까지나 결과론적인 가정법일 뿐이다. 하지만 어쩌면 지금보다는 조금 더 나아질 수 있었을 환자가 순간의 판단으로 인해 나빠지고 있는 것을 볼 때면 속상한 마음이 어쩔 수 없는 분노로 나타난다. 나 역시 나 자신이 완벽하지 못함을 알기에 조금이라도 더 완벽해지려고 매 순간 노력하는데, 그 노력이 주변인들의 미숙함으로 헛수고가 되었다고 생각하면 마음의 평정을 유지하기가 쉽지 않다.

　이는 정규수술보다는 응급수술을 할 때 심해진다. 응급 상황에서의 순간적인 판단은 쉽게 체득할 수 있는 것이 아니다. 수년간의 경험이 바탕이 되어야 잘못된 판단을 하게 될 확률을 그나마 줄일 수 있다. 의사는 신이 아니기 때문에 어느 정도의 판단 착오는 따르기 마련이다. 하지만 이것이 환자 상태의 악화로 이어지고 결국 한발 늦은 응급수술을 하게 될 때면, 있을 수도 있는 일이라는 이성적인 판단보다는 분노의 감정이 어쩔 수 없이 앞서게 된다. 감출 수 없는 분노로 쌍시옷이 들어가는 욕을 한바탕 하고 나면 조용히 깨닫게 된다.

아, 내가 그분을 닮아가고 있구나.

그렇다. 이 글은 분노조절장애가 아닌가 의심을 받는 수술장의 외과 교수들을 위한 변명이다. 그들이 화를 내고 욕을 하는 것은, 완벽해지고자 하는 욕심이며, 그 기저에는 환자에 대한 사랑이 깔려 있다는 사실을 피력하고 싶었다.

혹여 그대들의 스승이 화를 내더라도 조금은 따뜻한 눈으로 바라봐 주시길. 그들도 그대들과 같은 사람일 뿐이다.

자괴감

의사 면허를 딴 지 십 년이 되어 간다. 그동안 참 많은 일을 겪었지만, 그러는 중에도 마지막까지 놓치지 않으려 애를 쓴 건, 의사로서의 자존심이다. 나는 사람을 살리는 사람이라는 자각. 환자를 위하는 길이 결국은 옳은 길이라는 신념. 이 마지막 보루가 무너지면, 내 정체성이 붕괴되고, 더 이상 버틸 수가 없어진다.

어제 저녁, 중환자실에서 칼부림이 있었단다. 식칼을 꺼내 들고 위협만 한 건지 실제로 칼을 내저은 건지는 현장에 있지 않아 알 수 없지만, 식칼을 가방에서 꺼내 들었다는 것은 미리 준비를 해 왔다는 말일진대, 듣기만 해도 등골이 오싹하다. 봉변을 당한 것은 우리 2년차 전공의와 전임의 선생. 수술 후 합병증으로 재수술을 하고 중환자실에 입원해 있는 환자의 보호자가 하필이면 담당 교수님께서 휴가를 가신 사이에 이런 일을 벌인 것이다. 담당 교수님이 안 계시면 나한테라도 연락을 할 것이지, 바보같이 순진하고 우직한 우리 전공의 전임의 선생들이 그 난리통을 다 받아내고 알아서 수습을 했단다. 산전수

전 다 겪은 우리 전임의 선생도 칼부림은 처음이었던지라 이런저런 생각할 겨를이 없었단다. 바로 경찰에 신고를 해서 현행범으로 체포를 했어야지 라고 말은 했지만, 막상 칼을 보았다면 그런 생각이 들었을지는 나도 자신이 없다.

어쩐지 2년차 얼굴이 아침부터 좋지 않았다. 그런 일이 있었으면 바로 말을 했었어야지. '으이구 이 병신아'가 입에서 튀어 나가려다가, 턴 바뀌고 첫 주에 일이 익숙하지 않아 가뜩이나 이래저래 혼나고 있던 차에 이런 말도 안 되는 일을 겪고 잔뜩 주눅이 들어 있는 얼굴을 보고는 쑥 들어가 버렸다. 이때가 바로 그때다. 의사 생활에 회의감이 오는 그때. '내가 이러려고 의사가 되었나' 하는 자괴감이 불쑥 올라오는 그때. 내일 아침 홀연히 사라져 버린다 해도 모두가 수긍해 줄 것만 같은 바로 그때. 턱 밑까지 올라온 '으이구, 이 병신아'를 혼신의 힘을 다해 입안으로 삼키고, "고생했네. 너무 마음 쓰지 말게나, 허허허." 따위의 말을 내뱉었다. 그래, 잘했어. 아무렴.

문득 나의 전공의 2년차 시절이 떠올랐다. 우여곡절의 1년차를 겪으면서도 진심으로 도망가야겠다고 생각해 본 적은 한 번도 없었던 나였다. 나는 병동 2년차였고, 말이 안 통하는 보호자가 눈앞에 있었다. 2주 전에 수술한 악성 림프종 환자였다. 천공으로 응급실로 내원하여 우반결장절제술을 했지만, 워낙 복막염이 심했던 터라 사나흘을 중환자실에서 사경을 헤매다가 겨우 회복되어 퇴원하게 된 할아버지였다. 2주 만에 퇴원하게 된 것도 기적이라며, 이건 내가 사흘 밤낮을 중 환자실을 지킨 덕이라고, 다 내 덕이라고, 괜히 혼자 우쭐해 하던 참 이었다. 항상 환자 곁을 지키던 아내 말고는 다른 보호자는 없는가 했 더니, 퇴원 날이 되니 아들이 하나 나타났다. 뭐, 바쁘면 그럴 수도 있 지. 너무 고생하셨다는 공치사는 받지 않겠습니다. 의사로서 할 일을 한 것일 뿐이니까요. 혼자 속으로 막 이러는 중에, 하필이면 그때, 조 직검사 결과가 나왔다. 림프종의 경우 면역화학염색 검사가 들어가 는 경우가 많기 때문에, 조직검사 결과가 나오기까지 시간이 상대적 으로 오래 걸리기도 한다. 림프종이라면 항암치료 전에 검사할 것도 많고, 하루빨리 치료에 들어가야 한다. 마음이 급해졌다. 혈액내과 외 래를 잡아서 보내려면, 지금 당장 컨설트를 해서 회신을 받아야 한다. 회신이 안 오면 혈액내과 외래를 예약해서 보낼 수가 없고, 그러면 치 료가 그만큼 늦어질지도 모르니, 어쨌든 회신을 받아서 외래 예약을 해서 보내야겠다. 혼자 분주해 하고 있는데, 병동이 소란스러워졌다.

"지금 당장 퇴원하려는데, 대체 왜 기다리라는 거야!"

어지간히도 바쁜 보호자인가보다. 여태껏 한 번도 안 나타나다가 퇴 원 당일에도 뭐가 그리 바빠 그 잠깐을 못 기다리고 병동에서 난리를 부린다. 쯧쯧 속으로 혀를 차며 차분하게 설명을 했다. 이러이러해서 이러저러하게 됐으니 회신이 올 때까지만 조금만 기다리세요. 곧 퇴 원시켜 드리겠습니다.

설명이 통할 보호자였으면 애초부터 이런 이유로 병동에서 난동을 부리지도 않았겠지. 씨알이 안 먹힌다. 이게 병원이냐는 둥, 너는 뭐 하는 인간이냐는 둥, 이래서 우리나라는 안 된다는 둥, 의사들이 돈 벌려고 눈이 멀었다는 둥, 온갖 아무 말이 난무한다. 외과 2년차가 되는 동안 크게 배운 것 한 가지는 참는 법이라고 생각했는데, 아니었나 보다. 더 심한 일도 많이 겪었다고 생각했는데, 그랬는데, 그날따라 도저히 참을 수가 없었다. 2년간 누르고 눌렀던 감정이 폭발했다. 이성의 끈이 끊어지는 소리가 저 멀리 아득히 들린 듯도 했다.

사나흘 밤을 지새우며 당신 아버지를 살린 건 바로 나다. 당신은 그동안 어디서 뭐 했냐. 한 번이라도 아버지 얼굴 들여다보기나 했냐. 당신 아버지 사경을 헤맬 때도 보호자 찾아서 설명할라치면 아무것도 모르는 할머니만 달랑 와서 그저 살려만 주십시오 하고 고개만 숙이던데, 그때 당신은 어디서 무얼 하고 있었냐. 면회시간에도 한 번도 코빼기도 안 비추더니 그래도 보호자랍시고 퇴원 날이 되니 나타나서는 그거 못 참아서 이 난리냐. 내가 나 좋으려고 기다리라고 하느냐. 당신 아버지 치료 빨리 받으시라고 스케줄 잡으려는 거 아니냐. 내가 당신 아버지 살려서 내 주머니로 들어오는 돈이 한 푼이라도 있는 줄 아느냐. 이게 어디서 행패야 행패가.

고래고래 소리를 지르며 의사와 보호자가 병동에서 소란을 피우고 있으니, 구경거리도 이런 구경거리가 없다. 나는 떳떳해. 욕먹을 이유가 없어. 라는 건 말뿐. 사정을 모르는 사람들의 시선을 맨정신으로 감당할 도리가 없다. 문득, 자괴감이 들었다.

내가 이러려고 의사가 되었나.

…씨발.

나는 분명 속으로 말했는데, 그게 어떻게 보호자의 귀에까지 들렸는지는 여전히 미스터리다. 사태의 심각성을 깨달은 수간호사님이 나서서 나를 골방으로 밀어 넣지 않았더라면 그날 무슨 일이 벌어졌을지 나도 모르겠다. 말리는 간호사들 너머로 "뭐 씨발? 이 대가리에 피도 안 마른 새끼가"로 시작해서 세상에 존재하는 모든 육두문자가 날아와 꽂히는데 경상도 싸나이의 자존심이 있지, 그 정도 욕은 나도 해줄 수 있는데 당장이라도 튀어나가 멱살이라도 잡고 싶지만, 말리는 수간호사님의 간절한 얼굴을 도저히 외면할 수 없어 씩씩거리며 그대로 골방에 처박혀 있었다.

그리고 그날, 더 이상은 못 하겠다고, 다 때려치워야겠다고 처음으로 생각했다.

다행인지 불행인지 그만두지는 않았다. 그날 무슨 일이 있었는지는 잘 기억이 나지 않는다. 혼자 밤새 끙끙 앓았던 것 같기도 하고, 누군가를 불러내서 술을 진탕 마셨던 것 같기도 한데, 모르겠다. 하지만 확실히 기억나는 건, 그날 내가 느꼈던 자괴감이다.

대한민국의 외과의로 살아간다는 건, 숱한 위기와 고난과 역경을 헤쳐나가야 한다는 뜻이다. 그러다 보면 분명 그만두고 싶어지는 때가 온다. 그럴 때 정신을 온통 지배하고 놓아주지 않는 감정이, 바로 저 자괴감이다. 내가 이러려고 의사가 되었나.

　여전히 우거지상을 하고 있을 우리 2년차에게 내일 다시 얘기해 주어야겠다. 으이구 이 병신아… 아 이거 아니고… 너 잘하고 있어, 인마. 어깨 펴고. 당당하게. (그만두면 안 된다. 토닥토닥.)

Part 2.

환자 이야기

죽음을 대하는 외과의의 자세

0.

"삑"

아이디카드를 가져다 대자 굳게 닫혀 있던 응급실 출입구가 열린다. 시쳇말로 '헬게이트'를 또 한 번 열고야 말았다. 어느 유행가 가사처럼 봄바람 휘날리며 흩날리는 벚꽃 잎이 울려 퍼지고 있는 바깥세상의 평화로움과는 단절된, 생과 사의 경계의 공간. 습관처럼 심호흡을 한 번 하고 응급실에 들어선다. 환자의 생과 사를 결정하게 될 발걸음은 항상 무겁기만 하다.

1.

폐암 말기로 복강 내까지 전이가 되어 손쓸 방도가 없어 보존적 치료만 하던 여든 줄의 할아버지가 복통으로 응급실로 왔다. 전이 병변이 문제가 되어 소장에 천공이 생긴 모양이었다. 복막염의 정도가 심해 패혈성 쇼크로 진행하고 있었다. 응급실에 도착하여 측정한 수축기 혈압이 80mmHg이 채 되지 않았고, 수액을 들이붓고도 혈압이 유지가 안 되어 승압제까지 시작한 상태였다. 일반적인 경우라면 수술의 위험성, 수술 후 패혈증으로 사망할 가능성 등을 생각조차 할 것 없이 한시라도 바삐 수술장으로 환자를 끌고 들어가야 할 상황이었다. 하지만, 환자는 85세의 말기 폐암환자였다.

수술을 하는 것이 과연 환자를 위한 길일까? 환자가 그나마 온전한 정신으로 보호자들과 마지막 작별 인사라도 나눌 수 있는 시간은 지금뿐이다. 전신마취를 하고, 수술을 하고, 중환자실로 옮겨, 온갖 장치들에 기대어 삶을 연명하다가, 결국엔 깨어나지 못하고 임종을 맞이하게 될 것이 뻔한 상황. 수술로 좋아질 확률이 극히 낮은 상황에서, 사랑한다고 고마웠다고, 그 한마디 말조차 하지 못하도록 전신마취를 해 버리는 것이 과연 올바른 선택일까? 난 아니라고 생각했다. 보호자와 상의하에 수술하지 않기로 결정했다. 수술해도 돌아가시고 안 해도 돌아가신다면, 그냥 조용히 임종을 받아들이는 쪽을 택하기로 했다. 마음이 아프지만, 이게 최선일 겁니다. 보호자들을 위로하고 퇴근했다.

패혈성 쇼크로 정신이 왔다 갔다 하는 속에서도, 환자는 끝끝내 수술을 받고 싶어 했다. 삶의 의지가 대단한 할아버지였다. 제발 살려달라고 수술받게 해 달라고 밤새 끙끙대는 아버지를 그냥 두고 볼 수 있는 아들이 어디 있으랴. 날이 채 밝기도 전에, 아들로부터 다시 수술을 받기를 원한다는 연락이 왔다.

"허 참, 이럴 거였으면 어젯밤 수술하는 편이 그나마 기적적으로 회복될 확률을 조금이나마 높일 수 있었겠는데 말입니다. 좋아지실 가능성은 정말 희박합니다. 그래도 정말 수술받으시겠습니까?"

환자의 완강함을 꺾지 못하고 끝내 수술이 결정되었다. 숨을 헐떡이며 수술대에 누워 있는 환자에게 물어보고 싶었다. 할아버지, 아들딸들과 무슨 말 나누고 들어오셨어요? 걱정하지 말라고 하셨어요? 자제분들이 뭐라고 하던가요? 잘하고 오시라고 하던가요? 아들딸 얼굴은 잘 새기고 들어오셨어요? 이런저런 생각을 하는 사이 마취약이 들어가고, 환자는 조용히 잠에 빠져들었다. 이제 더는 물어보고 싶어도 물어볼 수가 없게 되었다. 이것이 마지막일 수도 있음을 환자는 알고 있을까?

수술이 끝나고 환자는 중환자실로 입실했다. 걱정과는 다르게, 상태는 비교적 안정적이었다. 환자의 투철한 삶의 의지가 그대로 반영된 듯했다. 내 판단이 잘못되었던 것일까? 내가 건방지게도 할아버지의 삶을 내 마음대로 판단하여 중단시키려 했던 것일까? 내 판단이 틀렸기를 간절히 바랐다. 할아버지가 어느 순간 눈을 번쩍 뜨고 내가 살아 돌아왔노라고 회생 가능성이라는 확률 따위 개나 줘 버리라고 떵떵거리며 나를 꾸짖어 주시기를 간절히 염원했다. 기적이란 존재한다는 사실을 이 못난 외과의에게 알려 주시기를 소원했다.

수술 후 5일째, 갑자기 환자의 상태가 악화되기 시작했다. 한계에 다다른 것일까. 대사성산증이 극도로 악화되었고, 혈중 크레아티닌

¹⁹⁾이 오르면서 소변이 나오지 않기 시작했다. 간 수치는 3,000까지 상승했다. 패혈증에 이은 전형적인 다장기부전이었다. 희망을 가지기에는 너무 멀리 와 버렸다. 보호자들을 불러 상태를 설명하고 임종을 준비하시라고 일렀다. 이미 모든 것을 예상한 보호자들은 담담했다. 그리도 굳건했던 삶의 의지에도 불구하고, 환자는 결국 그렇게 숨을 거두었다.

2.

70세 남자 환자가 간으로 전이된 하행결장암으로 항암치료도 중단하고 지내다가 결장암 천공이 발생하여 응급수술을 시행 받았다. 환자는 패혈증이 진행하는 속에서도 폐 기능이 유달리 좋아 씩씩하게 자발호흡을 이어갔고, 열흘 만에 호전되어 중환자실을 나와 일반 병실로 옮길 수 있었다. 사경을 헤매던 환자가 정신을 차리고 무슨 일이 있었느냐, 내가 왜 여기 있느냐를 물어왔을 때는 아 이제 되었다, 당장 돌아가시지는 않겠구나 싶었다. 환자의 아내도 분명 그리 생각했을 것이다. 하지만 기대가 무색하게도, 일반 병실로 옮긴 지 이틀 만에 비정형성 폐렴이 발생하였고, 환자 상태는 다시 나빠지기 시작했다.

"기도 삽관은 하지 않겠습니다."

환자의 아내가 돌연 선언했다. 아내로서의 직감이 지금 삽관을 하면 다시는 되돌릴 수 없음을 예감하고 있는 것 같았다. 환자의 의식은 이

---

19) Creatinine. 근육에서 크레아틴(creatine)으로부터 생성되며 신장 기능을 평가하는 피검사 수치.

미 대화가 불가능할 정도로 혼미해져 있었지만, 기도 삽관을 하고 나면 일체의 대화가 불가능해진다는 것을 지난 2주의 경험을 통해 보호자들도 잘 알고 있었다. 그렇게 보내기는 싫다고 했다. 어떻게든 마지막 대화를 나누고 싶다고 했다. 무슨 말인지 잘 안다. 나도 그러기를 원한다. 하지만 지금 삽관을 안 하면 되돌릴 수 있는 환자의 손을 놓아버리는 것밖에 되지 않는다. 얼마나 더 사시게 될지는 알 수 없지만, 지금 당장 돌아가시지는 않도록 최선을 다하겠다. 마지막이라고 생각하시지 말아달라. 보호자를 설득하고 또 설득했다.

설득은 성공했다. 환자를 중환자실로 옮겨 기도 삽관을 했다. 반드시 살리고 싶었다. 수술은 잘 되었는데 폐렴으로 환자를 보낼 수는 없었다. 분명 살릴 수 있으리라 믿었다. 마지막 한마디 나눌 수 있는 시간은 반드시 확보해 드리리라 다짐하고 또 다짐했다.

그 후 이틀. 기대와는 다르게 환자의 상태는 급격하게 나빠지기만 했다. 할 수 있는 모든 의학적 조치를 쏟아부었음에도 일말의 호전의 기미도 보이지 않았다. 절망적이었다. 의사는 신이 아니야. 어쩔 수 없는 일은 어쩔 수 없는 거야. 내 탓이 아니야… 정말? 정말 내 탓이 아니니? 매 순간 환자에게 최선을 다했다고 정말 확신할 수 있는 거니? 되돌릴 수 있는 기회가 전혀 없었던 거니? 정말?

의료진의 절망과 보호자의 체념을 가득 업고, 환자는 기도 삽관 후 이틀 만에 다발성 장기부전으로 사망했다. 그러길래 내가 기도 삽관이고 뭐고 안 한다고 하지 않았느냐. 마지막 한마디 못하고 떠나보내는 게 말이나 되느냐. 직접적으로 말은 하지 않았지만, 보호자들의 애처로운 눈길이 그렇게 외치고 있었다. 그 눈길을 감당할 수 없어 사망 선고를 비롯한 제반 처리를 담당 전공의에게 떠넘기고 도망치듯 중환자실을 빠져나왔다.

3.

임종의 순간은 전혀 극적이거나 혹은 낭만적이지 않다. 여보 사랑해, 먼저 가서 미안해, 우리 아들을 잘 부탁해, 하고 두 손 맞잡고 눈물을 흘리다가 꼴까닥 숨이 넘어가면 심전도가 갑자기 심정지 상태로 변하고 의사는 저 먼발치에서 고개만 떨구는 그런 죽음은 드라마에서나 나오는 이야기이다. 대다수의 환자들은 가족들에게 이런저런 말을 전할 새도 없이 본인이 죽음의 문턱을 넘고 있음을 인지하지도 못한 채 갑작스레 상태가 나빠진다. 의료진은 어떻게든 환자를 살려보려 기도 삽관을 하고 승압제를 달고 투석을 하고 할 수 있는 모든 치료를 하지만, 최선의 노력이 항상 최상의 결과로 이어지지는 않아서 그 모든 시도에도 불구하고 누군가는 결국 죽게 된다. 임종 직전의 환자는 혹시 모르는 소생의 가능성을 붙들고 시행하는 온갖 의학적 처치 속에서 정작 보호자와는 철저히 분리되며, 중환자실에서 현대 의학이 할 수 있는 모든 시도를 한 끝에 더 이상 가망이 없다고 판단이 되면 그제야 보호자가 환자 곁을 지킬 수 있게 된다. 지금껏 적지 않은 환자의 임종을 지켜봤지만, 임종 직전 작별인사를 하고 눈을 감는 경우는 한 번도 보지 못했다. 병원에서 맞이하는 외과 환자의 죽음이란, 으레 그렇다.

　무엇이 옳은지 아직도 잘 모르겠다. 마지막 한마디 나누시고 조용히 눈감으시라 했던 환자는 어떻게든 살아보겠다는 의지를 꺾지 못하고 수술을 감행했지만 중환자실에서 결국 의식을 회복하지 못했고, 조용히 보내 드리겠다던 보호자를 설득해서 무슨 수를 써서든 살려보겠다고 애썼던 환자는 의료진을 향한 보호자의 원망만 안은 채 숨을 거두었다. 기적을 믿고 무의미할지도 모르는 치료를 지속하는 것과 더 이상 환자를 힘들게 하지 않고 조용히 보내 드리는 것, 어느 쪽이 바람직할까. 의사는 어떤 상황에서든 환자에게 최선을 다해야 한다고 배운다. 의사는 어디까지나 의사일 뿐, 신이 아니다. 환자의 삶을 의사의 판단으로 중단시킨다는 건 자신의 판단 능력에 대한 과신과 오만함에서 비롯된 것인지도 모른다. 하지만 더 이상 환자를 힘들게 하기 싫다며 모든 침습적인 치료를 거부하는 보호자들이 결코 적지 않다. 이들의 요구를 받아들이려면 의사로서의 책임과 양심은 물론 실정법이 허용하는 테두리까지 아슬아슬하게 넘나들어야 한다. 항상 최선을 다하는 것만이 최상의 선택은 아니다. 현실의 의료는 그렇다.

　바이탈을 다루는 의사로서 환자의 죽음을 겪지 않을 도리는 없다. 내 환자들만큼은 모두 쾌차해서 퇴원하기를 바라지만, 부질없는 바람이다. 스트레스를 조금이라도 줄여 보고자 스스로에게 버릇처럼 주문을 건다. 어쩔 수 없는 일은 어쩔 수 없는 거야. 비겁한 자기위안이고 변명임을 나 자신이 가장 잘 알고 있지만, 이렇게라도 해야 한다. 그래야 또 다음 환자를 맞이할 수 있으니까.

　가망 없다는 판단을 뒤엎고 침대를 박차고 일어서는 환자가 언젠가 꼭 나타나기를. 이건 정말 기적이라며 보호자들과 얼싸안고 춤이라도 출 수 있는 날이 언젠가는 오기를.

——— 어느 노부부의 사랑

"그러니까, 살아나실 수도 있다는 거죠?"

순간 귀를 의심했다. 내가 잘못 들은 것은 아니겠지? 절대 그럴 리가 없다. 사위가 고요한 수술장 상담실에서 보호자의 말 한마디 잘못 알아들을 정도로 내 청력이 나쁘지는 않다. 분명히, 환자의 아내는, 환자가 살아날 수도 있느냐고 물었다. '도'에 방점이 찍혔다. 조사 하나에 이토록 많은 의미를 함축할 수 있다니. 기어이 살려내고야 말았느냐는 원망의 눈초리가 둘 곳을 잃고 헤매는 내 동공을 향해 쏟아졌다. 잠시 정신을 가다듬고, 부디 내가 과도하게 넘겨짚은 것이기를 빌며 말했다.

"네, 수술은 어려웠지만, 결과적으로 잘 끝났습니다. 문제가 된 대장을 모두 절제했고 수술 중 상태도 비교적 안정적이셔서, 아마도 잘 회복하실 가능성이 더 높을 것 같습니다."

그랬다. 수술은 정말 어려웠다. 에스상결장의 종괴가 맹장까지 침범하면서 대장 전체가 꼬아 놓은 풍선마냥 터지기 직전까지 늘어나 있는 상황이었다. 손가락만 갖다 대어도 바늘로 찌른 것처럼 터져 버릴 것 같은 장을 조심스레 움직여 가며 잘라내고 이어주기란 여간 어려운 일이 아니었다. 두어 시간이면 끝나리라 예상한 수술은 어느덧 시작한 지 세 시간이 훌쩍 지나 있었다. 다행히도 별 탈 없이 수술이 끝나 약간의 우쭐함을 등에 업고 보호자와 마주한 상담실에서, 나는 여느 때와는 다른 분위기에 적잖이 당황해 있었다.

"네… 알겠습니다."

좋아지실 것 같다는, 내가 당신들의 남편 혹은 아버지인 사람의 생명을 살렸다는 그 말 한마디에, 환자의 아내와 자식들은 짙은 한숨을 내쉬며 상담실을 빠져나갔다. 덜컥, 닫혀버린 상담실의 문을 멍하니 쳐다보았다. 혼신의 힘을 다한 수술을 끝마친 뒤라 수고하셨다는 말 한마디 정도는 충분히 들을 자격이 있다고 생각하고 있던 참에, 전혀 예상치 못한 일을 당하고 나니 감정을 정리하는 데 한참 시간이 걸렸다. 뒤늦게 분노가 솟아오르기 시작했다. 대체 나는 무엇 때문에 이 고생을 해서 환자를 살려 놓은 것인가. 가족이라는 사람들이 어찌 그럴 수가 있단 말인가. 어찌하여.

수술 다음 날, 환자의 병실로 들어서는 발걸음은 무겁기 짝이 없었다. 수술이 잘 되었다는 소식을 전하는 자리에서 접했던 실망의 그림자가 병실에도 드리워져 있을까 두려웠다. 차라리 간병인이 있기를 마음속으로 간절히 빌었지만, 바람이 무색하게도 환자의 아내는 환자 곁을 지키고 있었다.

"좀 어떠세요?"

난 분명히 환자의 상태가 안녕한지를 물었다.

"말해 뭐해. 지긋지긋하지 뭘."

"…네?"

"지긋지긋하다고요. 제 몸뚱이 하나 가누지도 못하는데, 남편은 무슨 남편이야 그래."

7년째 치매를 앓고 있는 데다 4년 전 뇌졸중이 온 후로는 거동을 거의 하지 못하고 집에 누워서 하루를 보내는 68세의 남자 환자. 그리고 7년째 이 환자를 간병하고 있는 아내. 이들의 일상이 어떠한지는 충분히 상상이 가고도 남았다. 할 말이 많았는지 아내가 이런저런 넋두리를 늘어놓기 시작했다. 말려들면 안 되겠다 싶어 얼른 끼어들었다.

"아이고, 많이 힘드시겠어요."

"에휴, 이골이 났지요, 뭘."

아내는, 예의 그 깊은 한숨을 내쉬며 말했다. 어제보다는 아내의 얼굴이 많이 누그러져 있었다.

환자의 회복력은 놀라웠다. 언제 그랬냐는 듯 수술 후 일주일이 되자 퇴원을 말할 수 있을 정도로 호전되어 있었다. 꼬박 일주일을, 아내는 남편의 곁을 한시도 떠나지 않았다. 세안이나 기저귀 교환 등 기본적인 것은 물론이고, 욕창 예방을 위한 체위 변경이나 가래 배출에 이르기까지 하나하나 어찌나 꼼꼼히 챙기는지 담당 간호사들도 혀를 내두를 정도였다. 일주일째 되던 날, 회진 중에 짐짓 웃으며 말했다.

"부인께서 정성스레 간호를 해 주셔서 빨리 좋아지셨나 봐요."

"정성은 무슨. 나 말고 할 사람이 없으니 죽지 못해 하는 거지."

통명스러운 대답과는 달리, 환자의 얼굴을 수건으로 닦아주고 있는 아내의 손길은 부드럽고 따뜻하기만 했다. 일흔을 바라보는 나이. 40년 이상을 같이 부대끼며 지낸 부부의 사랑은 결혼 7년 차인 내가 미루어 짐작하는 것보다 훨씬 더 복잡 미묘한 것이었나 보다. 애증이라는 단어에 담긴 미움의 뉘앙스보다는 사랑에 좀 더 가까운, 애증과 사랑의 중간 어디쯤이라고 표현하면 비슷할까. 환자도 지치고 보호자도 지치는 수년간의 간병 생활, 그 끝에 찾아온 대장암이라는 낯선 손님. 그래, 차라리 이참에 콱 죽어버리는 게 당신한테나 나한테나 더 낫겠소. 그렇게 생각하셨겠지. 하지만 막상 환자가 수술을 이겨내지 못하고 돌아가시기라도 했다면 분명 아내는 장례식장이 떠나가라 목놓아 곡을 하셨을 게다. 환자의 다리를 열심히 주무르고 있는 아내의 쭈글쭈글한 손이 그렇게 말하고 있었다.

내일 퇴원하셔도 되겠다고 말하고 돌아서려는 찰나, 환자의 아내가 말했다.

"어찌 되었든, 고마워요. 내 이 말을 못했네."

'저, 잘한 거 맞지요? 그렇지요?'

속으로 중얼거리며, 아내를 향해 미소를 지어 주었다. 아내가 처음으로 환하게 웃었다. 그것은 분명, 사랑이었다.

——— 손

아내의 둘째 출산 예정일 바로 전 주말이었다. 이미 한 번 경험해 보아서 그런지 첫째 때와는 느낌이 사뭇 달랐다. 얼마나 예쁜 아이가 나올지, 손가락 발가락은 제대로 다 달려 있을지, 항문은 제대로 제 위치에 달려 있을지(이건 대장항문외과 전문의의 직업병 같은 것이다), 이런 걱정에 더하여 첫째를 키운 그 고생을 어떻게 다시 반복할지, 첫째는 그나마 서울에서 장모님의 도움을 받아 키웠는데 광주에서 우리끼리 잘 키울 수 있을지, 아이가 둘이면 세 배로 힘들다는데 정말 잘 헤쳐나갈 수 있을지, 이런 현실적인 걱정들 때문에 마냥 기쁘고 설레지만은 않았다. 이래저래 정신없는 와중에 제발 병원에는 아무 일이 없어야 할 텐데.

하지만, 환자가 아픈 것이 본디 의사의 사정까지 고려해 주지는 않는지라, 여지없이 사건은 터지고 말았다.

K는 얼마 전 수술했던 직장암 환자였다. 상당히 진행을 많이 한 상태로 종양의 크기는 큰 데 반해, 남자 환자의 특성상 골반이 좁아 수

술이 어려웠었다. 토요일 아침 출근을 해 보니 K는 복통을 호소하며 숨을 헐떡이고 있었다. 직감적으로, 응급 상황이다. 배액관 양상이 변색깔로 바뀐 것으로 미루어 필시 문합부 누출이다. 다른 검사를 시행할 것도 없이 곧바로 응급수술을 시행했다. 상황은 예상보다 좋지 않았다. 직장암에 의한 부분 폐색이 있어 장정결이 깨끗하지 않았던 상태라, 복강 전체가 변으로 심하게 오염되어 심각한 패혈증으로 진행하고 있었다. 보험 삼아 만들어 둔 회장루는 문합부 누출을 막아주는 데 전혀 도움이 되지 못하였다. 문합부를 뜯어내고 하트만 술식으로 전환하는 와중에도 여러 가지 생각으로 머릿속은 착잡하기 그지없었다. 처음부터 하트만 수술을 해야 했을까. 물론 처음 수술할 당시 이 모든 상황을 고려해서 최선이라고 생각하여 내린 판단이 문합 후 회장루를 조성하는 것이었고, 이 모든 것이 결과론일 뿐이라는 사실을 알고 있음에도, 그것이 괴로움을 덜어내 주지는 못하였다. 게다가 곧 있으면 출산 예정이라 한 이틀 쉴 예정이라는 사실이 나를 더욱 옥죄었다. 휴가를 앞두고 환자 상태가 나빠지면 그만큼 곤란한 일이 또 없다. 생사를 오가는 환자를 뒤로하고 마음 편히 휴가를 떠날 수는 없는 노릇 아닌가.

새로운 생명의 탄생을 앞두고 내 환자들만큼은 생사의 기로에 서 있지 않기를 바랐지만, 이런 바람이 무색하게도 K의 회복은 더디기만 했다. 수술 이후에도 K는 중환자실에서 사경을 헤매었다. 혈압이 유지가 안 되어 승압제를 최대용량으로 투여하였고, 심방세동으로 인해 맥박은 오르락내리락 춤을 추었다. 심한 패혈증으로 다발성 장기부전이 온 상황. 회복을 장담할 수 없었다. K의 아내와 아들이 병원을 지키다시피 매일 면회를 왔다. 수술 후 합병증이란 누구에게나 올 수 있는 일이지만, 그 사실을 알면서도 막상 내 가족에게 합병증이 생기면 의사부터 원망하고 보는 보호자들이 부지기수다. 하지만 K의 보호자들은 달랐다. 내가 중환자실에 나타날 때마다 90도로 고개를 숙여 인사하며 제발 살려만 달라고 애원했다. 그 절박함은 중환자실의 공기마저 간절함으로 물들이는 듯했다. 하지만 나는 제가 꼭 살려 드리겠습니다 라는 확신에 찬 다짐을 해줄 수 없었다.

"최선을 다해 도와드리고 있지만, 회복 여부는 경과를 좀 더 지켜봐야 합니다. 정말 최선을 다하고 있으니 좀 더 기다려 봅시다."

보호자들은 고작 이런 말밖에 하지 못하는 내 면전에 대고 연신 고개를 숙여댔다.

"제발 잘 좀 부탁합니다. 살려만 주세요."

그 간절함으로 물든 공기가 환자의 폐포 속으로 스며들어 생명을 불어넣어 줄 수만 있다면 좋으련만.

출산 전날, 떨어지지 않는 발걸음을 뒤로하고 퇴근했다. 환자 곁에 있는 시간만큼 환자가 회복할 수 있다면 중환자실에서 얼마든지 상주할 용의가 있지만, 듬직한 3년차 전공의가 불철주야 환자 곁을 지키고 있는데 담당 교수가 병원에 있다고 하여 크게 도움이 될 것이 없었다. 게다가, 집에는 지금 돌봐주지 않으면 평생 원성을 쏟아낼지 모르는 만삭의 아내가 있지 않은가. 내일이 출산인데 이 기쁜 날을 앞두고 무거운 마음을 겉으로 드러낼 수는 없었다. 애써 감정을 추스르고 무거운 마음은 가슴 깊이 숨긴 채 설렘과 두근거림만 보여주기로 했다. 아내는 첫 번째 제왕절개 수술 당시의 기억이 머리에 강하게 남아 두 번째 수술을 앞두고 긴장해 있었다.

"걱정하지 마. 다 잘 될 거야."

퇴근해 있는 동안에는 병원 일은 잊고 아내에게만 최선을 다하기로 했다. 다행히 아내는 남편의 미묘한 감정 변화를 눈치채지 못하는 듯하였다.

"이○○ 산모님 보호자분, 아기와 산모 모두 건강하게 출산하였습니다."

마침내, 둘째가 세상의 빛을 보았다.

둘째를 얻은 기쁨은 첫째 때와는 또 달랐다. 첫째 아들은 심실중격결손이 있어 태어나자마자 신생아중환자실로 가는 바람에 차마 제대로 만져볼 수조차 없었다. 하지만 둘째는 달랐다. 갓 태어난 아이를 데리고 나와 보여주는데, 포대기 밖으로 삐죽 삐져나온 손가락이 어찌나 길고 예쁘던지! 아직 머리카락이 채 마르지도 않은 딸을 품에 안았을 때의 그 벅차오름을 어찌 형언할 수 있으랴. 벌써 아빠 품을 아는지 평온하게 안겨 꼬물거리는데, 바라만 보고 있어도 세상 이보다 더 행복할 수 없었다.

'세상 사람들, 나도 아들딸 다 있는 아빠예요. 내가 해냈습니다!'

그러지 않으려고 했지만, 도저히 참을 수 없어 딸바보 아빠가 하나 추가되었다는 사실을 온갖 SNS와 메신저를 통해 동네방네 다 소문내었다. 그래, 기쁨은 나누면 배가 된다고 하였다. 오늘만큼은 백배 천배의 기쁨을 누려야지. 자기야, 정말 고생이 많았어.

하지만, 기쁨으로만 가득 차 있던 감정은, 그날 오후 병원으로부터 걸려온 전공의의 전화에 산산이 깨어졌다.

"환자 전반적인 상태는 크게 변화가 없습니다만, 환자 손이 괴사가 진행되고 있습니다."

이건 또 무슨 청천벽력과도 같은 소리인가. 패혈증이 심하여 혈압이 유지가 되지 않을 때 노르에피네프린과 같은 승압제를 고용량으로 오래 투여하면 말초혈관수축이 과도하게 지속되어 사지 말단과 같은 부분이 허혈성 괴사에 빠질 수도 있다. 이론적으로는 가능한 이야기이고, 실제로 전공의 시절 비슷한 경험이 있기도 했지만, 왜 하필 내 환자에게. 하필이면 지금. 기뻐할 시간도 턱없이 모자란 바로 지금!

상황은 순식간에 온전히 기뻐할 수도 온전히 괴로워할 수도 없는 아이러니로 빠져버렸다. 문제는 지금 내 주변 누구에게도 이 상황을 이야기할 수 없다는 점이었다. 진통제에 취해 침대에 누워 있는 아내. 첫째를 데리고 집으로 먼저 가신 엄마, 아버지, 장인어른, 장모님. 그 누구도 작금의 사태를 설명하고 같이 슬퍼해 달라고 하기에 적절하지 않았다. 오늘 둘째 딸이 나왔는데, 좋은데, 그건 그렇고, 사실 내 환자 손이 오늘부터 썩기 시작했어요. 이런 말을 지금 상황에서 대체 누구와 나눌 수 있겠는가.

극단적인 감정의 충돌 속에 이틀을 혼자서 끙끙 앓다가, 휴가를 마치고 복귀하자마자 중환자실로 달려갔다. 아직 손가락을 살릴 희망이 있을지 모른다며, 좋아질 수 있는 일말의 가능성을 가슴에 품고, 드레싱되어 붕대에 꽁꽁 싸매진 손을 조심스레 풀었다. 하지만 기대는 여지없이 무너졌다. 오른손 전체, 왼손 손가락 끝마디 전체, 오른발 세 번째 네 번째 발가락 모두 이미 괴사가 진행되어 비가역적인 상태로 변해 있었다. 마취 없이도 관운장을 수술한 화타가 재림한다 한들 이 손을 되살릴 순 없었다. 이 사태를 보호자에게 어떻게 설명하고 받아들이라고 요구할 수 있을까. 직장암으로 수술을 했는데, 합병증으로 손이 썩어가고 있다는 사실을 과연 보호자들이 받아들일 수 있을까. 자신이 없었다. 머리가 아팠다. 신경성 복통이 스물스물 올라오려 했다.

"외과계 중환자실 K 환자 담당 간호사인데요, 오늘 보호자가 교수님과 꼭 면담 원하십니다."

드디어 올 것이 왔다. 어차피 한 번은 부딪쳐야 하는 일. 피한다고 해결될 일이 아니다. 아들의 감정을 건드리지 않도록 최대한 조심스럽게 말을 꺼냈다.

"아버님 상태는 아직 희망적이지 않아요. 승압제 없이는 혈압이 유지가 안 되고 다장기부전으로 인해 소변이 나오지 않아 인공투석기계를 달고 있어요. 호흡도 인공호흡기에만 의지하고 있는 상태이고요. 앞으로 이삼일이 고비입니다. 조금씩이라도 회복 양상을 보이면 좋아질 가능성이 높아지는 것이고요, 악화 일로에 들어서게 된다면 걷잡을 수 없이 나빠질 가능성도 배제할 수는 없습니다.”

“네… 그렇군요. 부디 잘 좀 부탁드립니다. 저기 그런데, 손은 어떻게 되는 건가요?”

“손은… 손은….”

조용히 심호흡을 하고 어렵사리 말을 이었다.

“손은 승압제 때문에 발생한 어쩔 수 없는 합병증입니다. 말초혈관 수축으로 인해 드물긴 하지만 발생할 수 있는 합병증이지요. 현재로서는 경과를 보는 수밖에 없습니다. 후에 아버님 상태가 호전되면 절단수술을 고려해야 할지도 모르겠네요. 그건 정형외과와 상의해 봐야 합니다.”

“아… 네.”

아들의 반응은 의외로 담담했다. 이미 간호사로부터 일정 부분 설명을 들어서 그런 것인지, 원래 성격이 차분해서 그런 것인지, 의료진에 대한 신뢰가 높은 것인지, 하여간 K의 아들은 이 모든 상황을 아무런 불평불만 없이 받아들였다. 아니다, 아무렇지 않을 수는 없다. 절대 그럴 수는 없는 거다. 병원에서 살다시피 아버지 곁을 지키는 아들이었다. 아버지를 끔찍이 사랑하는 것이 아버지를 대하는 눈빛 하나 손짓

한 번으로 느껴지는 그런 아들이었다. 타들어 간 듯 꺼멓게 변해버린 아버지의 손을 쓰다듬는 아들의 감정이 온전할 리가 없었다. 태연함 속에 감추고 있을 눈물, 그 눈물이 아무 말을 하지 않는데도 마음으로 전해져 가슴을 후벼 팠다. 할 수 있는 최선을 다했음에도, 아닌 줄 알면서도, 모두 내 탓인 것만 같은 자책감이 밀려왔다. 불가항력이라는 말로는 위로가 되지 않는 우울감이 온몸을 덮쳤다. 어깨에 걸쳐진 내 가운이 원래 이렇게 무거웠던가. 벗고 싶다. 내려놓고 싶다.

한 달이 지났다. 한여름의 태양이 작열하는 가운데, 다행스럽게도, 조금씩이나마 K의 상태는 호전되어 갔다. 2주간 의지하던 인공호흡기를 떼고 자발호흡을 시작했고, 장루가 기능을 제대로 하기 시작하면서 튜브를 통한 경장영양공급도 시작하였다. 일반 병실로 옮긴 후 아내가 항상 곁을 지키게 되면서 환자의 정신도 점차 맑아져 갔다. 피 검사 수치도 염증이 거의 사라져 패혈증에서 완전히 회복되었음을 말해주고 있었다. 모든 것이 희망적이었다. 그러나, 손, 그 손, 회진 때마다 내 심장을 도려내는 그 손은 돌아올 줄을 몰랐다. 정신이 돌아오면서 까맣게 말라붙어 버린 손끝을 보게 된 K는 무슨 생각을 했을까. 생과 사를 넘나드는 악전고투를 겪으며 갖게 된 훈장 같은 것이라고 생각했을까, 아니면 남은 평생 짊어지고 가야 할 낙인 같은 것이라고 생각했을까. 그 속을 알 수 없게도 K는 회진 때마다 나를 보며 미소 지었고, 나는 그 미소가 더욱 가슴 아팠다.

K는 수술 후 두 달째 휠체어를 탈 수 있을 정도가 되어 퇴원을 했다. 도무지 아물 것 같지 않던 내 마음의 상처들도 조금씩 옅어져 갔다. 그로부터 한 달 뒤, 부쩍 더 수척해진 얼굴로 K가 휠체어를 타고 아내, 아들과 함께 외래 진료실로 들어왔다. 정기 검사 결과는 좋지 않았다. 수술 후 3개월 만에 간, 폐, 대동맥주위 림프절에 전이가 발견되었다. 아문 줄 알았던 마음의 상처가 다시 툭 벌어졌다. 비록 손은 이렇게 되었지만 수술 후 경과는 좋다고, 오래 사실 거 같다고, 웃으며 말하고 싶었는데. 나는 또 환자와 보호자의 심장을 내려앉게 만드는 절망적인 말을 내뱉을 수밖에 없었다.

"재발하였습니다. 간, 폐, 원격림프절에 다발적으로 재발했어요. 진행이 예상보다 빠릅니다. 항암이 어려운 상태이니, 진행은 앞으로도 빠를 가능성이 높습니다. 앞으로 얼마나 사시게 될지는 알 수 없습니다만, 여명이 그리 길지는…."

냉정하게 말을 맺을 수가 없어 말끝을 흐렸다. 이 모든 불행이 나로 말미암은 것만 같았다. 침묵이 이어졌다. 차라리 수술 결과가 왜 이렇게 나쁘냐고 하소연이라도 하면 인간이 할 수 있는 현재의 의료라는 것이 한계가 있어 어쩔 수 없다고 변명이라도 할 텐데, 보호자들은 아무 말이 없었다. 긴 한숨 끝에 K의 아내가 말을 꺼냈다.

"교수님께서 고생해서 치료해 주셨는데. 어쩔 수 없지요, 뭐."

내가 변명 삼아 꺼내야 할 말을 환자 보호자가 먼저 해 버리니 나는 더욱 할 말이 없어졌다. 원망스러울 법도 한데, 이 모든 설명을 듣고도

K는 미소를 지으며 고맙다고 말하고 외래를 나섰다. K가 사라진 외래 출입문을 한참을 바라보았다. 대체 뭐가 그렇게 고마울까.

둘째가 크면 꼭 이야기해 줄 것이다. 아빠가 반드시 살리고자 했던 환자가 한 명 있었단다. 네가 태어나던 바로 그 순간에 중환자실에서 죽음과 사투를 벌이고 있던 환자였지. 아빠는 최선을 다했지만, 결국 그 환자는 삶을 이어가는 대가로 손을 잃고 말았어. 하지만 삶의 의지 만큼은 누구보다도 단단했고, 손을 잃고도 아빠를 향해 환히 미소를 지어 주던 따뜻한 마음을 가지고 있었다. 딸아, 어둠이 없이 빛이 존재할 수 없듯, 삶이 있으면 반드시 어딘가에는 죽음이 있는 거란다. 네가 세상에 태어나서 이만큼 자라는 동안 그만큼의 생명이 아프고 스러져갔음을 꼭 기억하렴. 이 순간 살아 있음에 감사할 줄 아는 아이 로 자라야 한다. 알겠니?

하지만, 이런 개똥철학 따위로는 조금의 위로도 되지 않을 만큼, 그 해 여름은, 정말, 너무나도 아팠다.

기적을 부르는 것은

기적은 할 수 있다는 믿음과 집념 끝에 탄생한다. 기적적으로 살아나셨다는 말 자체가 신의 가호가 있었다든가 다른 사람에게는 오지 않은 행운이 찾아왔다든가 이런 의미로 들리지만, 틀렸다. 기적적으로 살아났다는 말은 살아남으려고 하는 환자의 노력과 의지가 기적을 불러왔다는 의미를 함축하고 있다. 기적은 그럴 때 찾아온다.

의료계 속어 중에 '살아날 환자는 때깔부터 다르다'는 말이 있다. 실제 환자 때깔이 구별될 리는 만무하지만, 중환자에 대한 경험이 어느 정도 쌓이면 환자의 생사를 예측하는 어느 정도의 감이 생긴다는 의미 정도로 풀이할 수 있겠다. 십여 년 외과 밥을 먹으면서 나도 비슷한 경험치가 축적되었는데, '좀 어려울 거 같다'는 생각이 들면서도 있는 힘껏 매달려 환자를 살려낸 경우는 몇 번 있었지만, '이 환자는 가망이 없겠다' 싶은 생각이 들었던 환자는 어김없이 세상을 떠나곤 했다. R이 바로 그런 환자였다. 모두가 어려울 것이라고 했고, 나 자신도 희망의 끈을 놓았던, 때깔이 좋지 않은 환자.

R이 응급실로 온 것은 원인을 알 수 없는 복통 때문이었다. 응급실 도착 당시부터 패혈성 쇼크가 진행되어 이미 위독한 상태였다. 서둘러 개복을 했지만, 결과는 장담하기 어려웠다. 에스상결장의 천공으로 인해 분변으로 오염된 복강 내를 세척하고 장루를 만드는 수술을 하는 도중에도 환자의 상태는 불안정하기 짝이 없었다. 혈압이 유지가 되지 않아 승압제 용량을 증량했고, 산소분압을 최대로 유지하는 중에도 산소포화도가 자꾸 떨어졌다. 서둘러 수술을 끝내고 중환자실로 나왔지만, 80대 할아버지의 체력으로는 이미 진행해 버린 패혈성 쇼크 상태에서 벗어나기 어려워 보였다. 수술 후 이틀간, 환자의 상태는 점차 나빠지기만 했다. 어느 장기 하나 온전한 것이 없었다. 인공호흡기 세팅을 최대치로 유지해야 겨우겨우 산소포화도가 유지되었고, 사용할 수 있는 모든 승압제를 최대한의 용량으로 투여하고 있는 중에도 혈압이 잘 유지가 안 되었다. 급성 신부전에 빠져 지속적 신대체요법을 시작하고 싶었지만 혈압이 낮아 그마저도 어려웠고, 간수치 또한 1,000까지 급격하게 상승하였다.

'아, 이 환자는 어렵겠구나.'

보호자들을 모두 불러 상황을 설명했다.

"아버님 상태는 매우 위중합니다. 지금 당장 심장이 멎어버린다고 해도 이상하지 않을 정도입니다. 저희가 어떻게든 최선을 다해 보고는 있지만, 회복하실 가능성이 그리 높지는 않아요. 언제 갑자기 상태가 악화될지 모르니, 가능하면 보호자 중 한 분은 연락받고 바로 오실 수 있는 거리에 계시는 것이 좋겠습니다."

보호자들은 눈물을 흘리며 그래도 최선을 다해 달라고 했다. 그러겠노라고 대답은 했지만, 나는 이미 최선을 다하고 있고 내가 할 수 있는 더 이상의 최선은 남아 있지 않았다. 더 할 수 있는 최선이 있다면 이미 했을 것이다.

다음 날, 나는 중환자실에서 놀라운 광경을 목격했다. 수술 후 혼수상태에서 벗어나지 못하고 있던 환자가 눈을 뜨고 나를 바라보고 있었던 것이다.

"어라, 환자분, 눈을 뜨셨네요. 언제부터 깨어나신 거죠?"

"한 두어 시간 정도 지났어요. 바이탈은 여전히 불안정한데, 멘탈이 조금씩 돌아오고 있네요."

환자의 전반적인 상태는 여전히 절망적이었다. 대사성 산증이 어제보다 악화되었고, 범발성혈관내응고장애가 발생하면서 복강 내에서 출혈이 지속되어 드레인은 물론 복부 절개창을 통해서도 피떡이 흘러나오고 있었다. 어느 것 하나 회복 가능성을 시사하는 소견이 없었다. 겨우겨우 심폐기능만 유지시켜 주고 있는 상황에서, 환자가 눈을 뜬 것이다.

"정신이 좀 들어요? 여기 어딘지 아시겠어요?"

기도 삽관이 되어 있는 상태에서 대답할 리 없다는 사실을 알면서도 환자에게 말을 걸었다. R은 눈을 끔벅이며 나를 쳐다보았다. 이상하리만치 살아 있는 눈이었다. 나는 살고 싶다고, 살아야겠다고 간절하게 말하는 것만 같은 눈이었다.

'미안해요. 살려드리고 싶은데, 제 능력은 여기까지가 한계입니다. 정말 미안합니다. 저는 신이 아니에요.'

의지만으로 살아날 수는 없었다. 현재 상황을 극복하고 살아나려면 기적을 바라는 수밖에 없었다. 나는 과학을 배운 사람이지, 기적을 믿는 사람이 아니었다. 환자가 일시적으로 눈을 떴다고 한들, 회복할 가능성이 0에 가까운 것은 마찬가지였다. 여전히 산소포화도는 낮았고, 빈맥을 알리는 알람이 쉬지 않고 울어댔다. 역시나 어려웠다. 얕은 한숨을 쉬고 중환자실을 나왔다.

그리고, 기적은 일어났다.

R은 버티고, 또 버텼다. 중환자실에 회진을 갈 때마다 R은 예의 그 눈빛을 나에게 쏘아 댔다. 나는 살아날 것이다. 두고 보아라. 내가 이기나 네가 이기나, 어디 한 번 해보자. 내 마음은 이미 사망선고를 내렸는데도, 보호자들 모두가 눈물을 흘리며 절망에 빠져 있을 때에도, R 자신만은 포기를 모르는 것 같았다. 객관적인 증거들이 모두 가망없음을 말하고 있는데도, 이상하게도 일말의 가능성을 자꾸만 생각하게 만드는 눈이었다.

그렇게 R은 하루를 넘기고 이틀을 살아 내더니, 일주일이 지나고 보름을 버텨냈다. 중환자실에서 생을 마감할 것이라는 예상을 뒤엎고 일반 병실로 나왔고, 두 달여 간의 투병 끝에 마침내 퇴원했고, 또 한 달이 지나 보란 듯이 걸어서 외래로 왔다.

"아이고, 선생님. 정말로 감사합니다."

외래 진료실 문을 열고 들어오며 R이 반갑게 말했다. 목소리가 어딘가 낯설다는 생각이 들었다. 이 사람이 내가 알던 R이 정말 맞나. 가만히 생각해보니 입원해 있는 석 달 동안 R의 목소리를 제대로 들어본 적이 거의 없는 것 같았다. 석 달 동안 말도 제대로 못 하던 환자가 걸어서 외래로 온 것이다. R을 모시고 온 큰딸이 말했다.

"선생님 덕분에 저희가 효자 효녀 소리를 듣네요. 정말 감사합니다."

아니다. 내 덕분이 아니다. 내가 한 것이 아니다. 저승의 문턱에서 스스로를 돌려세운 건 바로 R 자신이었다. 얼굴 가득 미소를 띠고 대답했다.

"저 말고 아버님께 고마워하세요."

"네?"

"아버님을 살린 건 제가 아니라, 아버님 자신이라고요."

그렇게 R은 기적과도 같이 생환했다.

나는 기적을 부르는 한 사내의 의지를 보았다. 누구도 진심으로 믿지 않았지만, 환자 스스로는 진정으로 믿고 수없이 되뇌었을 기적을 부르는 주문, '이겨낼 수 있다'. 그래, 기적은 그렇게 스스로의 의지를 타고 우리 곁으로 찾아온다. R이 그랬던 것처럼.

당신의 부모님은 안녕하신가요?

　　수술장 한쪽에 마련된 상담실 문을 열고 들어가니 중년 남자 셋이 초조하게 나를 기다리고 있었다. 아마도 삼 형제인 것 같았다. 할머니, 아들 부자이셨네요. 그러면 뭐해요, 할머니 몸이 이 지경이 되도록 아무도 몰랐는데. 아들자식 키워 봐야 다 소용없다니까요.

　　'그동안 아픈 데 없이 건강하셨으니까', '바빠서 자주 찾아뵙질 못해서', '시골에서 내외분만 사시다 보니', 그 어떤 변명도 통하지 않을 만큼 할머니의 복부 한가운데를 차지하고 있는 종양은 거대했다. 할머니의 수명을 조금씩 깎아 먹고 있었음이 분명한 그 어마어마한 종양을 할머니의 배를 가르고 마주한 순간 나는 분노할 수밖에 없었다. 필시 배가 아프셨을 텐데, 분명히 종양이 겉에서 만져졌을 텐데, 가족 누구라도 조금만 관심을 가졌더라면 알 수 있었을 텐데. 종양이 한 뼘 크기로 자랄 때까지 까맣게 몰랐던 가족들의 무심함을 나는 도저히 용납할 수가 없었다. 그동안 수많은 응급수술을 하면서도 절대 보호자를 탓하지 않는다는 원칙을 지켜 왔는데, 오늘만은 그 원칙을 어기는 한이 있어도 나의 이 분노를 전하리라 독하게 마음먹고 보호자들을 마주했다. 막내아들로 보이는 남자의 간절한 눈빛이 내 눈에 들어왔다. 이 지경이 되도록 대체 뭘 하셨느냐고, 어떻게 이렇게 종양이 커질 때까지 모르실 수가 있냐고 따지려던 마음이 아들의 눈빛 하나에 흔들리고 있었다. 마음을 다잡고 날이 선 한마디를 뱉어내며 잘라낸 종양을 덮고 있던 포를 걷었다.

"자, 이것 좀 보세요."

세 남자는 동시에 헉 소리를 뱉어냈다. 웬만한 강심장이 아니고서는 내 두 주먹을 합친 것보다도 훨씬 더 큰 종양을 직접 보고서 놀라지 않을 도리가 없을 것이었다. 아들들의 얼굴에 후회와 회한의 감정이 서렸다. 어머니를 좀 더 가까이서 지켜봤어야 했는데. 어디 불편하신 데는 없는지 살폈어야 했는데. 이게 다 저희 탓입니다. 못난 자식들 탓이에요. 삼 형제의 마음이 말을 하지 않아도 찰나의 시간 동안 표정으로 전부 전해졌다. 이번만큼은 이게 다 당신들 때문이라고 차갑게 쏘아 주리라 다짐했건만, 금방이라도 울 것만 같은 보호자들의 얼굴을 보니 차마 그럴 수가 없었다. 내 입만 바라보며 애타게 다음 말을 기다리는 아들들을 향해 조심스레 입을 열었다.

"암은… 완전하게 절제했습니다. 배 속에 남아 있는 암은 이제 없어요."

그 한마디에 아들들은 오열하며 무너져 내렸다.

"으흐흑, 감사합니다. 정말 감사합니다."

배가 아파 처음 찾아간 병원에서는 암이 너무 진행해서 절제가 어렵다고 했고, 부리나케 달려온 대학병원 종양내과 외래에서는 할머니 체력이 너무 약해져서 항암치료도 어려우니 증상 조절 목적으로 장루 수술이라도 받으시는 것이 어떻겠냐고 환자를 응급실로 보냈으니, 요 며칠 사이 의사들에게서 전해 들은 한마디 한마디가 보호자들에게는 얼마나 청천벽력과도 같았겠는가. 지푸라기라도 잡는 심정으로 어머니를 들여보낸 수술장에서 암을 완전히 절제해 냈다는 대반전이 일어났으니, 형제들이 손을 맞잡고 오열하는 것이 그리 이상할 것도 없었다. 안도의 눈물을 흘리며 연신 고개를 주억거리는 남자들 앞에서 더 이상의 말은 소용이 없었다. 오늘만큼은 독하게 마음먹고 상처를 주리라 준비했던 말들은 결국 허공으로 모두 흩어져 버렸다. 암이 너무 커져서 주요 혈관과 달라붙어 있어 떼어내느라 애를 먹었다는 말도, 혈관 기시부에 바싹 붙어 있는 림프절을 제거하느라 출혈이 꽤나 있었다는 말도, 눈물을 펑펑 쏟아내는 삼 형제 앞에서 말문이 막혀버린 나머지 나는 아무런 말도 더 하지 못하고 상담실을 나섰다.

수술은 잘 마무리되었지만, 할머니의 회복은 더디기만 했다. 종양으로 인해 근 한 달간 식사를 거의 하지 못했다는 할머니의 기력은 이미 수술 전부터 한계에 다다라 있었다. 비록 두 시간 남짓밖에 걸리지 않은 수술이었지만, 여든이 넘은 할머니가 바닥난 체력으로 극복해 내기는 쉽지가 않았다. 할머니는 쉬이 일어나지 못하고 병상에 누워만 있었고, 장 마비[20]가 지속되면서 미음 한 모금 넘기지 못하는 시간이 길어지고 있었다. 섬망 증상이 심해져 수액이고 소변줄이고 뭐고 라인이란 라인은 다 잡아 뽑으려고 하는 통에 양손을 묶어 두어야만 했다.

그런 할머니의 곁을 지키고 있는 사람은, 삼 형제가 아닌, 간병인 아주머니였다. 회진을 갈 때마다 간병인 아주머니만 환자 곁에 있는 것을 볼 때 나는 섭섭한 느낌을 지울 수가 없었다. 수술 당일 상담실에서 보호자들이 흘린 눈물의 양을 생각하면 왠지 삼 형제 중 한 명은 어머니를 지키고 있어야만 할 것 같았다. 분명 내 욕심이고 현실을 무시한 과도한 요구임을 잘 알고 있었다. 나 역시도 우리 어머니가 어깨 수술을 받고 입원하셨을 때 병간호는커녕 면회만 겨우 한 번 갔을 뿐이었다. 각자 생업이 있기에 자식들이 보호자로 병원에 24시간 붙어 있는 것이 현실적으로 무리일 수 있다는 것을 잘 알면서도, 왠지 씁쓸한 마음이 드는 것은 어쩔 수가 없었다. 내가 그리도 고생해 가면서 기어이 종양을 떼어내고야 만 환자인데. 꼭 살려야 하는 환자인데. 종양을 완전히 절제해 냈다는 사실 하나만으로도 오열했던 보호자들은 모두 어디 가고 간병인만이 아무것도 먹지 못하고 있는 할머니 곁을 지키고 있는 것일까. '현실적인' 이유들로 혼자서 병을 키워야 했던 할머니는, 어째서 다시 '현실' 속으로 돌아올 수밖에 없는 것일까.

---

20) 장(腸) 마비(痲痺). Paralytic ileus. 물리적인 폐쇄가 없음에도 위장관계의 운동이 억제되어 장이 폐쇄된 것과 유사한 증상과 징후를 보이는 장애. 수술 후 장 마비가 가장 흔한 원인이다.

그로부터 한 달이 지나고, 다행히 무사히 회복하여 퇴원한 할머니가 퇴원 후 첫 외래 진료를 오는 날이 되었다. 이번에는 막내아들과 함께였다. 퇴원할 때는 휠체어에 앉은 채였는데, 그사이 기력이 많이 회복되셨는지 아들의 손에 의지해 걸어서 오셨다.

"할머니, 퇴원하고 잘 지내셨어요?"

"응, 뭐라고?"

가는 귀가 먹은 할머니가 알아들을 수 있도록 할머니 귀에 가까이 대고 또박또박 외쳤다.

"괜.찮.으.셨.냐.구.요."

할머니는 내 말을 알아들은 건지 어떤 건지 동문서답을 했다.

"늙으면 죽어야 허는디, 안 죽고 살아서 자식들 귀찮게 허네잉. 우리 막내아들 회사도 빼먹어 불고."

"아이고, 엄니도 참. 그런 말씀일랑 허덜 마씨요. 오래오래 건강하게 모실 것잉께."

어머니를 바라보는 아들의 눈은 따스함으로 가득했다. 부디 앞으로는 삼 형제의 보살핌 아래 건강하게 오래오래 사시길 마음속으로 빌었다.

——— 발사가 안 됩니다

여느 때와 다름없는 평화로운 오후였다. 봄날의 따사로운 햇살이 창문 하나 없는 진료실 벽을 넘어 들어오고 있다는 착각이 들 만큼 따스한 날이었다. 이렇게 좋은 날 병원에만 틀어박혀 있다니 안 될 노릇이다. 얼른 외래 진료를 끝내고 퇴근해서 꼬맹이들 데리고 산책이라도 나가야겠다고 생각하고 있는데, 앞에 앉아 있던 환자가 뭔가 잘 알아듣지 못할 말을 한다. 잠시 딴생각을 하느라 내가 잘못 알아들었나 싶어 재차 물어보니 환자는 심각한 얼굴로 여전히 같은 말을 되풀이했다.

"발사가 안 된다고요."

'발사'라면 활이나 총, 로켓 따위를 쏘는 일을 말하는 것일 텐데, 대장암 폐색으로 응급으로 수술을 받고 장루를 가지게 된 환자가 퇴원 후 방문한 첫 외래에서 꺼낸 말로는 맥락이 이어지지를 않는다. 일상에서는 잘 쓰이지 않지만 의사들은 흔히 쓰는 단어로 뽑을 발(拔)에 실사(絲)자를 써서 실밥을 뽑는다(stitch out)는 의미로 발사(拔絲)라는 말을 쓰기는 하지만, 환자가 그런 의미로 썼을 리는 만무하다. 게다가 이 환자는 이미 실밥이 완전히 제거된 상태다. 나는 여전히 환자가 무슨 말을 하는지 이해하지 못한 채 애매한 표정을 지으며 말했다.

"그러니까 그게…."

"서기는 하는데, 발사가 안 된단 말입니다."

눈치 하나로 버텨 온 지난 십 년이다. 이제야 환자가 하는 말이 무슨 뜻인지 짐작이 되었다. 잘못 넘겨짚은 것은 아닌지 확인하기 위해 다시 물었다.

"발기는 되는데 사정이 안 된다는 말씀이시죠?"

"그렇다니까요. 매번 그러더라는 말입니다."

'발사가 안 된다'라니 참 문학적인 표현이다. 사정(射精)이라는 단어가 있지만, 이 역시 일상적으로 그리 자주 쓰이는 말은 아닌 데다 직접적으로 이 단어를 입에 올리기가 민망하였을 것이리라. 그렇다고 '쌀 수가 없어요'라고 할 수는 없는 노릇 아닌가. 담당 의사에게 말을 하긴 해야겠는데, 뭐라고 해야 할지 고민한 흔적이 역력하다.

다시 컴퓨터 모니터로 시선을 옮겼다. 62세의 남자 환자였다. 장폐색으로 개복수술을 했던 터라 하복부에 20센티미터에 달하는 수술 상처가 있었고, 좌하복부에는 장루 주머니까지 매달려 있었다. 게다가 수술 후 불과 삼 주밖에 지나지 않았다. 입원기간 내내 수술 상처가 아프다며 진통제 좀 놔 달라고 호소하던 환자였다. 그랬던 그가 너무나도 간절한 얼굴로 성관계 후 사정이 되지 않음을 말하고 있었다. 어쩌면 그에게는 3기 대장암으로 수술을 받았고, 장루를 한동안 차고 살아야 한다는 것보다도 사정이 되지 않는다는 사실이 더 큰 충격으로 다가온 것인지도 몰랐다.

　삼 주 전 기억이 생생히 떠올랐다. 수술대 위에 누워 있는 남자는 95킬로그램에 달했고, 수술은 그리 순탄하게 진행되지 못하고 있었다. 직장결장 이행부위에 발생한 대장암이 남자의 장을 틀어막아 장이 있는 대로 늘어나다 보니, 그러잖아도 내장지방으로 빈틈없는 배 속을 헤치고 수술에 필요한 시야를 확보하기가 여간 어려운 일이 아니었다. 게다가 대장암이 상당 부분 진행하여 전이된 림프절이 하장간막동맥 기시부 주변 대동맥을 둘러싸고 꽉 들어차 있었다. 하장간막동맥 기시부 주변으로는 방광과 생식기 등으로 가는 자율신경이 분포한다. 완전절제가 가능해 보이긴 했지만, 이 림프절을 전부 박리하다가는 교감신경에 손상을 가져와 배뇨장애나 성기능장애를 유발하게 될 가능성이 커 보였다. 암의 완치를 노릴 것이냐, 아니면 자율신경을 살릴 것이냐. 외과종양학을 전공하는 입장에서 답은 이미 하나로 정해져 있었지만, 짐짓 고민하는 척 순환 간호사에게 물었다.

　"이 환자 나이가 어떻게 되죠?"

　"62세입니다."

　마음의 짐을 조금은 덜었다고 생각하며 림프절 박리를 시작했다. 소변보는 기능이 조금 떨어지기는 하겠지만 약을 쓰면 조금씩 나아지기는 할 테고, 역행성 사정[21]이야 뭐 혹시 생기더라도 환자 나이가 있으니 크게 문제가 되지는 않겠지. 어쨌든 중요한 것은 암을 근치적으로 절제하는 것이었다. 설사 젊은 남자였다고 하더라도 다른 선택의 여지가 있는 것은 아니었다. 단지 환자의 나이를 확인한 후 마음이 조금 가벼워졌을 뿐이었다.

사정이 안 됨을 해결해 줄 것을 사정하는 남자를 앞에 두고 나는 내 기억이 틀렸나 싶어 다시 모니터를 확인했다. 분명히 남자는 62세였다. 62세 남자는 성생활을 갖지 말라는 말인가. 아니다. 수술 직후에는 성관계를 가져서는 안 된다는 말인가. 그것도 물론 아니다. 그렇다면 장루를 가지게 되면 성관계를 할 수 없다는 말인가. 그건 더더욱 아니다. 다만 성관계 도중 장루 백이 터져 주변이 분변으로 더러워지게 될 가능성이 있으니 주의해야 할 뿐이다. 그렇다면 세 시간에 이르는 개복수술로 대장암을 절제하고 장루를 가지게 된 62세 남자가 수술 후 2주 만에 성관계를 가지는 것이 뭐가 이상하다는 말인가. 지극히 정상적이다. 단지 으레 그러지 않을 것이라고 쉽게 판단한 의료진의 선입견이 있을 뿐이었다.

오랫동안 잊고 있었던 전공의 1년차 시절 경험이 생각났다. 머리가 희끗희끗한 남자 환자가 전립선 침윤이 의심되는 직장암으로 수술을 받기 위해 입원했다. 수술 동의서를 받기 위해 이런저런 설명을 하는

---

21) retrograde ejaculation. 정액이 음경을 통해 방출되지 못하고 역방향인 방광으로 유출되는 상태.

것을 아무 말 없이 가만히 듣고만 있던 남자가 갑자기 끼어들었다.

"성기능장애가 올 수도 있다고요?"

"네, 직장 주변에는 성기능과 관련한 자율신경이 얽혀 있고, 환자분의 경우에는 직장암의 주변 침윤이 심하여 수술 이후에 배뇨기능이나 성기능에 장애가 오게 될 가능성이 있습니다."

"가능성이 얼마나 되죠?"

"…네?"

"가능성이 얼마나 되냐고요."

"그건 구체적인 수치로 말씀드리기는 좀…."

처음 들어보는 질문에 당황한 내가 적당히 얼버무리자 남자가 선언했다.

"섹스를 못하게 된다면 저는 죽은 것과 다름이 없습니다. 저는 수술받지 않겠습니다."

P교수님의 불호령이 두려웠던 나는 괜찮을 거라고 일단 암은 제거해야 하지 않겠느냐고, 암으로 죽어버리면 성관계고 뭐고 다 소용없지 않느냐고 환자를 설득하고 또 설득했다. 하지만 도저히 환자의 고집을 꺾을 수가 없었다. 당장 내일 죽는 한이 있어도 섹스는 포기 못하겠다고 하는데, 어쩔 것인가. 결국 환자는 수술을 거부하고 퇴원해버렸다. 그 환자는 (오래된 일이라 기억이 정확하지는 않지만 아마도) 67세였다.

심란한 얼굴로 앉아 있는 남자에게 역행성사정이 발생한 원인에 대해 상세히 설명한 후 비뇨의학과 진료를 안내해 드렸다. 남자가 진료실을 나가고 다시 혼자가 된 진료실에서 나는 조용히 생각에 잠겼다. 그래, 인생은 60부터다. 60이면 아직 청춘이다. 내가 잘못 생각했다. 그 누군가에게는 성기능이 떨어진다는 사실이 죽음보다도 더 크게 다가올 수도 있다는 사실을 한동안 잊고 지냈다. 선입견에 사로잡힌 것을 보니 아직 수양이 많이 부족한가 보다.

어느 국가유공자의 아들

중환자실에는 중환자실만의 공기가 있다. 치과에 들어서며 맡게 되는 독특한 냄새가 이전의 고통스러웠던 치료의 기억을 떠올리게 하는 것처럼, 중환자실 문을 열고 들어서는 순간 어깨를 짓누르는 무거운 공기는 가슴 깊은 곳에 숨겨 두었던 힘든 기억들을 강제로 소환한다. 어떻게든 살려보려는 온갖 노력이 허사였던 수많은 환자들. 한 명 한 명 떠나보낼 때마다 마음속으로 울었던 아픈 기억들. 그 기억들이 스며 있는 중환자실은 환자뿐만 아니라 의사에게도 힘든 공간이다. 그래서 나는 가능한 중환자실에서 머무르는 시간을 줄이고자 노력한다. 하지만 오늘은 K를 앞에 두고 차마 중환자실을 떠날 수가 없어 십 분째 모니터를 쳐다보고 있다. 내가 쳐다본다고 해서 달라질 건 없다는 걸 알면서도 그러고 있다. 환자는 담당 의사의 정성을 먹고 좋아진다는 근거 없는 속설에 기대는 심정으로 말이다.

K는 일주일 전 응급수술을 받은 후 중환자실을 지키고 있는 꼬부랑 할머니다. 직장암 수술 이후 발생한 문합부협착과 이로 인해 반복적

으로 발생하는 대장염으로 응급실을 몇 달에 한 번씩 드나들던 환자였다. 이러지 말고 말단 결장루로 전환하는 수술을 하자고 몇 번을 설득했지만, 그때마다 같이 온 아들은 "어이구 어떻게 또 수술을 해요. 좋아졌으니까 됐어요."라며 수술을 마다하고 퇴원하곤 했었다. 그러다 결국 천공으로 범발성복막염이 생겨 다시 응급실로 왔고, 일주일째 사경을 헤매고 있다. 좀 더 강력하게 설득해서 미리 수술을 했더라면 하고 후회해 보지만, 이미 때는 늦었다. 범발성복막염에 이은 패혈증은 할머니의 모든 장기를 망가뜨렸다. 심장이고 폐고 신장이고 간이고 뭐고 제 역할을 하고 있는 장기가 하나도 없다. 매일 매일이 아슬아슬 외줄 타기를 하는 것만 같다. 아직은 어찌어찌 버티고 있지만, 반대편 도착 지점은 너무 멀어 보이지도 않는 외줄 타기. 한 발이라도 잘못 디디는 순간 뚝 떨어져 버릴 것만 같은 팽팽한 긴장감 속의 하루하루. 조금만 더 가면 될 것도 같은데. 조금만.

"교수님, K환자 보호자가 오늘 교수님과 유선상으로라도 꼭 면담하기를 원하세요."

중환자실 환자 보호자의 면담 신청은 드문 일이 아니다. 병동 입원 환자야 하루 한 번 회진 시간을 병실에서 기다리기만 하면 되니 담당 교수를 만나는 것이 어려운 일이 아니지만, 중환자실 입원 환자는 면회 시간을 제외하고는 보호자가 환자 옆에 붙어 있을 수 없기 때문에 일부러 면담 신청을 하지 않으면 담당 교수를 만나기가 오히려 어렵다. 생사를 넘나드는 환자를 중환자실에 두고 하루 두 번 겨우 면회를 하는 보호자들은 얼마나 답답할 것인가. 담당 전공의를 통해 환자의 상태에 대해서 충분히 전달이 되었다 하더라도, 보호자들이 담당 교수의 설명을 다시 한번 듣기를 원하는 것은 어찌 보면 당연지사였다.

"여보세요, K환자 담당 교수입니다."

"아, 예, 교수님."

아들이 전화를 받았다.

"어머니 상태는 여전히 위독합니다. 대사성산증에서 벗어나기는 했지만, 여전히 승압제를 쓰고 있고 인공호흡기를 떼지 못하고 있어요. 신장 수치도 많이 올라서 조만간 투석을 시작해야 할 가능성이 높습니다. 앞으로 이삼일이 고비…."

"아 교수님, 그게 아니고요."

아들이 갑자기 내 말을 끊었다. 그게 아니라고? 중환자실 환자 보호자가 전화로 담당 교수와 상의할 일이 환자 상태 말고 또 무엇이 있을까.

"사실은 어머니를 모셔 가고 싶은데요."

"…네?"

아직 인공호흡기를 달고 있는 어머니를 어디로 모시고 간다는 말인가? 말문이 막힌 내가 적당한 대답을 찾지 못하고 머뭇거리자 아들이 말을 이었다.

"사실은 돌아가신 저희 아버지께서 국가유공자이셔서 보훈병원으로 가면 병원비가 싸거든요. 보훈병원으로 모셔 가고 싶어서요."

안타까운 탄식이 흘러나왔다. 아들에게는 어머니의 현재 상태보다도, 언제 어떻게 될지 모르는 어머니의 생사보다도, 곧 있으면 닥쳐오게 될 현실적인 문제가 더 걱정이었던 것이었다. 이제야 모든 것이 이해되었다. 이전에 수술을 권했을 때 왜 그렇게 마다했었는지, 또 면회시간에 방문해도 보호자를 만나기가 왜 그렇게 어려웠는지도. 일용직 노동자였던 아들은, 어머니 얼굴 한 번 더 보기 위해 하루치 일당을 포기할 수 없었던 것이었다.

"보훈병원으로 가시는 것은 좋습니다만, 현재로서는 어머니 상태가 전원하시기에는 너무 위독합니다. 앰뷸런스에서 사망하게 되실 수도 있어요. 지금은 안 됩니다. 어머니 상태가 좀 더 호전되면 그때 다시 생각해봅시다."

"네, 알겠습니다. 그거 말씀드리려고 면담 신청한 거였어요. 수고하세요."

뚜뚜뚜. 전화가 급하게 끊어졌다. 할 말만 하고 서둘러 끊는 것이, 어쩌면 일터에서 전화를 받은 것인지도 몰랐다.

"삑-, 삐삑-, 삑-…"

환자의 심장박동은 여전히 불규칙하기만 했다. 엇박으로 울어대는 환자의 모니터를 멍하니 쳐다보다가 까닭 모를 한기가 들어 가운 자락을 여미고 서둘러 중환자실을 나왔다.

K환자는 이후에도 한 달여를 더 입원해 있었다. 다행히도 생사의 고

비는 넘겼지만, 기대했던 만큼의 회복세를 보여주지는 못하였다. 인공호흡기를 떼긴 했지만 여전히 의식이 돌아오지 못하고 있었고, 미처 아물지 못한 장문합부위가 장피누공이 되어 소장 내용물이 하루 1리터씩 쏟아져 나오고 있었다. 여느 환자였다면 다른 병원으로 전원 가시는 것이 어떻겠냐고 말을 꺼내기조차 어려운 상황이었다. 하지만 보호자의 의지는 확고했다.

"꼭 보훈병원으로 모시고 가겠습니다."

보훈병원 담당 선생님은 이런 사정을 잘 알고 있었다. 이런 환자가 어디 한둘이었겠는가. 중환자실로 가야 하는 상태만 아니라면 받아줄 터이니, 소견서를 써서 보내라는 허락이 떨어졌다. A4용지 한 페이지에 달하는 그야말로 구구절절한 소견서를 작성했다.

'이러저러해서 여차저차하니 환자의 지금 상태가 이렇습니다. 어려운 환자 보내드리게 되어 송구함을 금할 길이 없으며 아무쪼록 고진선처 바랍니다. 감사합니다.'

지난 한 달간 할머니를 살리려 무던히도 애를 쓴 의료진의 노력이 소견서 한 장에 묻어나길 바라며 정성껏 썼다. 부디 잘 회복해서 퇴원하시기를 바라는 마음까지 절절히 담았다.

이런 내 마음을 아는지 모르는지, 아들은 어머니를 모시고 보훈병원으로 떠났다. 뒷부분이 뜯겨 나가 결말을 알 수 없게 된 책을 읽은 것처럼 찝찝하고 씁쓸한 기분을 감출 수가 없었다. 죽이 되든 밥이 되든 내 환자는 내가 책임을 져야 하는데. 나는 좀 더 최선을 다할 수 있는

데. 아직 내가 해줄 수 있는 게 남았는데.

하지만 현실은 교과서에서 배운 것보다 훨씬 차가웠다. 쓸쓸한 여운을 채 느낄 새도 없이, 오후 회진을 하러 가니 할머니의 자리는 이미 깨끗이 치워져 다른 환자로 채워져 있었다.

냉정한 진실을 전하는 의사의 속내

0.

너는 분명 나한테 진실과 일상을 부여해 줄 단 한 사람일 거야. 의사 선생님은 내게 진실밖에는 주지 않아. 가족은 내 말 한마디 한마디에 과잉반응하면서 일상을 보상해 주는 데 필사적이지. 아마 친구들도 사실을 알고 나면 그렇게 될 거야. 너만은 진실을 알면서도 나와 일상을 함께해 주니까 나는 너하고 지내는 게 재미있어.

– 스미노 요루 『너의 췌장을 먹고 싶어』

나는 진실을 전해 주어야 하는 의사다.

굳게 닫힌 상담실 문 너머에는 보호자들이 초조한 마음으로 진실을 기다리고 있다. 수술은 잘 되었나요? 우리 아버지는 얼마나 오래 사실 수 있을까요? 위독하신 건 아닌 거죠? 항암치료가 필요할까요? 보호자들은 각자 이런저런 질문을 준비하고 환자의 상태에 대해 진실한 설명을 요구하지만, 진실이라고 해서 다 같은 진실이 아니다. 진실에는 두 가지가 있다. 하나는 보호자들이 바라는 진실이고, 다른 하나는 받아들이고 싶지 않은 진실이다. 만약 후자라면 진실을 전달하는 쪽의 마음은 좀 더 복잡해진다.

1.

"수술, 잘 되었죠?"

분명 이렇게 묻고 싶을 테지만, 차마 말을 꺼내지도 못하고 두 손만 모아 쥐고 있는 아내의 눈에는 간절함이 담겨 있었다. 대장암, 3기, 수술, 항암, 재발, 다시 항암, 구토, 장폐색, 그리고 응급수술. 수술 후 보조 항암화학치료가 끝날 무렵 시행한 CT에서 바로 재발이 발견되었고, 2차(second-line) 항암치료는 채 몇 사이클 진행하지도 못한 상황에서 재발한 암이 자라나 장을 막아 버렸으니, 수술을 해 보지 않아도 좋지 않은 예후는 이미 짐작하고도 남음이다. 의료진의 객관적인 예후 판단과는 별개로, 아내는 희망의 끈을 놓지 못하고 있었다. 받아들이고 싶지 않은 진실을 손에 쥔 내 마음은 무겁기만 했다.

"수술 결과는 그리 좋지 않아요."

내 첫마디에 이미 아내는 심리적으로 무너지고 있었다. 나도 같이 무너져버릴 것만 같지만, 나는 진실을 전달해야 하는 입장이니 마음을 다잡아야 한다.

"재발한 암이 췌장까지 침범하여 수술적 절제가 불가능합니다. 어떻게든 해보려고 했는데, 도저히 방법이 없어요. 재발한 암은 제거하

지 못했습니다. 식사가 가능하도록 장루만 만들었어요. 당분간은 식
사에는 지장이 없겠지만, 재발한 암을 제거하지 못했으니 항암을 추
가로 하더라도 좋은 예후를 기대하기는 어려울 겁니다."

애써 외면하려 했던 진실이 담당 의사의 입에서 흘러나오자, 장탄식
과 함께 아내의 눈에 뜨거운 눈물이 흘렀다. 잠깐의 시간이 흐르고 난
뒤 아내는 모든 것을 체념한 듯 한마디 덧붙였다.

"…얼마나 살 수 있을까요?"

아내의 눈물 앞에서 뭐라고 말해야 할지 찰나의 시간 동안 망설였지
만, 사실 정답은 이미 정해져 있었다. 약해지려는 마음을 다잡고 마지
막 남은 진실을 전했다.

"글쎄요, 사람마다 다릅니다만… 6개월 안쪽이라고 보셔야 할 것 같
습니다. 빠르면 한두 달일지도."

잠시 진정된 듯했던 아내의 눈물샘이 다시 터져버렸다. 나는 더 이
상 말을 잇지 못하고 가만히 아내를 바라보고만 있었다. 때로는 침묵
이 백 마디의 말보다 더 나은 법이다.

수술 후 일주일 만에 퇴원했던 환자가 한 달 뒤 밝은 얼굴로 외래로
찾아왔다. 근 반년 만에 처음으로 입맛이 좋다고 했다. 밥만 먹으면
속이 더부룩하고 배가 아파 식사를 잘 못했었는데, 수술하고 나서 식
사량이 늘고 살이 붙었단다.

"그래요. 식사 잘해서 체력 유지하시는 게 지금으로서는 제일 중요
합니다. 그래야 앞으로 치료를 또 견디시죠."

거짓말을 한 건 아니지만, 이번만큼은 진실을 있는 그대로 다 얘기해 줄 수 없었다. 환자의 눈에 담긴 희망에 도저히 찬물을 끼얹을 수가 없었다. 2차 항암치료까지 실패한 지금 당신의 여명은 얼마 남지 않았습니다. 더 이상 쓸만한 약제도 별로 없어요. 컨디션 괜찮으실 때 마음의 준비를 하시고 생을 정리하시는 것이 좋겠습니다. 나는 당사자를 앞에 두고 이렇게 얘기할 수 있을 만큼 모질지는 못했다. 뒤에서 울 듯 말 듯 입술을 깨물며 서 있는 환자의 아내는 모든 것을 이해한다는 눈으로 나를 바라보고 있었다.

두 달 뒤, 환자는 세상을 떠났다.

2.

완화수술(palliative surgery)이라는 말이 있다. 말 그대로 증상만 완화시켜주는 수술이다. 장(腸)을 전문으로 다루는 외과의사의 특성상, 완치가 어려운 암환자들을 대상으로 식사라도 하게 해주려는 목적으로 이런 수술을 종종 하게 된다.

그날도 그런 날이었다. 절제가 불가능한 간 전이를 동반한 68세 대장암 환자가 응급실로 내원했다. 간 전체를 침범한 전이병변은 3차(third-line)까지 이어진 항암치료에도 전혀 반응이 없이 계속 퍼지기만 했고, 그러던 중 원발암이 대장을 막아 장폐색이 찾아온 것이었다. 완치는 어렵더라도 장폐색을 해결하려면 완화수술이 필요한 상황이었다. 수술장 스케줄이 비는 틈을 타서 얼른 해치워야 하는데, 환자 보호자가 수술을 망설이고 있다는 소식이 들려왔다. 일 년여의 기간 동안 이어진 항암치료에 지쳐 있음이 분명했다. 아니 그럼 남은 생을 복통을 안은 채 굶으면서 병원에서만 보낼 생각인가? 절대 안 될 일이다. 담당 전공의에게 수술의 필요성을 상세히 설명하고 설득하도록 지시하였고, 다행히 응급수술을 하기로 동의를 얻어 완화 목적의 우반결장절제술이 무사히 마무리되었다.

환자의 아내와 두 딸이 상담실에 무거운 얼굴로 앉아 있었다. 덩달아 내 마음도 한층 더 무거워졌다. 조심스레 말을 꺼냈다.

"수술은 잘 끝났습니다. 이미 설명을 어느 정도는 들으셨겠지만, 오늘 수술의 목적은 암의 치료가 아니에요. 환자분 식사를 하시도록 하는 데 목적이 있습니다. 종양내과 교수님께서 충분히 설명해 드린 것으로 알고 있습니다만, 항암 약제를 바꾸어가며 1년을 했는데도 암이 계속 진행하고 있는 상황이니 기대되는 예후는 그리 좋지 않습니다. 앞으로 한 달이 될지 두 달이 될지 알 수 없어요. 얼마 남지 않은 시간인데 환자분을 금식하며 콧줄을 유지한 채 병원에서만 지내다가 가시게 할 수는 없었습니다. 그래서 수술을 꼭 해야 한다고 말씀드렸던 거예요. 수술이 큰 문제 없이 잘 마무리되었으니 한 일주일 지나면 회복되실 것이고, 당분간은 식사하고 대변보시는 데는 지장이 없으실 거예요. 그러면 집으로 퇴원하세요. 얼마나 될지 알 수는 없지만, 짧은 기간이나마 집에서 정리를 하셔야지요."

조용히 듣고 있던 딸들이 고개를 끄덕이며 눈물을 훔쳤다. 아버지의 마지막을 선고받는 딸의 심정이 어떠할 것인가. 자리를 얼른 뜨고 싶었다.

"제가 해 드릴 수 있는 말씀은 여기까지입니다."

불필요한 오해를 피하기 위해 진실을 냉정히 전해야만 하는 의사의 입장에서, 의료진이 해줄 수 있는 건 이게 마지막이라는 사실을 전달하는 자리는 항상 어렵기만 하다. 신이 아닌 인간으로서의 의사의 한계를 드러내야만 하는 건, 죄송하고, 부끄럽다. 감사하다는 딸들의 인사를 뒤로하고 상담실을 서둘러 빠져나왔다.

3.

진실을 주는 것으로 나의 역할은 끝이다. 나머지는 환자와 주변인들의 몫이다.

스미노 요루의 소설 『너의 췌장을 먹고 싶어』에서 시한부 인생을 사는 주인공은 이전과 다르지 않은 일상에 큰 의미를 부여한다. 그것이 일상을 보상해 주려 필사적인 가족들보다 진실을 알면서도 일상을 함께해 주는 친구와의 시간을 소중히 여기는 이유이기도 하다. 임종이 얼마 남지 않은 말기암 환자들에게 내가 기어코 수술을 권하는 것도, 그들의 귀중한 남은 삶에 짧게나마 일상을 마련해 주고픈 이유 때문이다. 그것이 내가 외과의사로서 해 줄 수 있는 마지막이다.

내가 내 입으로 시한부 인생을 선고해 버린 그들의 남은 일상은 어떠했을까? 나는 과연 그들에게 소중한 일상을 선물해 준 것일까? 비록 한두 달에 불과한 짧은 기간일지라도 어떻게든 일상을 살아갈 수 있도록 해 주고픈 내 의지가 전달이 되었을까? 받아들이고 싶지 않은 진실을 전해 듣고도 과하게 호들갑 떨지 않고 그저 일상을 함께해 준 가족과 친구들이 그들 곁에도 있었을까?

　내 환자는 모두 완쾌되어 퇴원하기를 바라는 마음으로 외과를 선택했는데, 종양학을 전공하다 보니 죽음을 맞닥뜨리지 않을 수 없다. 곧 다가올 죽음에 대한 진실을 전하는 건 여전히 익숙해지지 않고 매번 새삼스레 어렵다.

희망

"뭐 하나만 물어봐도 돼?"

아이들을 모두 재운 뒤 소파에 몸을 파묻고 텔레비전을 보다가 문득 아내에게 물었다.

"뭔데?"

"만약에 결혼 날짜를 받아 둔 신랑이 대장암 3기로 진단되면 결혼을 할 수 있겠어?"

"대장암 3기면 어느 정도인 건데?"

글쎄, 어느 정도라고 말하기는 참 애매하다. 요즘은 원체 수술 방법이 발달하고 항암치료도 좋아져서 생존율이 많이 높아지긴 했으니까. 게다가 3기도 3기 나름이라, 어떤 경우는 5년 생존율이 80퍼센트에 달하기도 하고, 어떤 경우는 50퍼센트가 채 안 되기도 하니, 질문이 잘못되었다.

"5년 안에 죽을 확률이 50퍼센트 정도 된다면?"

"그건 좀 그렇지. 반반 확률에 인생을 거는 거잖아."

"거기다가 만약 자식들에게 유전될 확률이 50퍼센트인 유전성 대장암이라면?"

"그건 안 되겠다. 일단 집안에서 반대해서 안 될걸?"

내 생각도 크게 다르지 않았다. 사랑이 밥 먹여 주지는 않으니까. 육아에 치인 현실 부부의 입장에서 배우자의 질환이란 극복해야 할 산이 너무나 많은 거대한 장애물이었다.

뙤약볕이 내리쬐는 어느 여름날, 외래 진료실 문을 밀고 젊은 여자가 혼자서 들어왔다. 환자가 내민 소견서에는 대장암으로 진단되었으니 고진선처를 바란다는 건조한 문장이 박혀 있었다. 생명의 소중함에 나이가 무슨 상관이겠냐마는, 내 나이 또래의 젊은이가 대장암 진단을 받고 내원하면 안타까운 마음이 더하는 것은 어쩔 수 없다. 다행히 원격전이는 되지 않았지만, CT에서도 커져 있는 림프절이 여럿 보이는 것으로 보아 3기일 가능성이 높은 에스상결장의 진행성 대장암이다. 안타까움을 애써 숨기고 환자와 상담을 시작했다.

"대장암입니다. 수술을 해야겠네요. 수술은 복강경으로 진행이 될 것이고, 장을 일부 잘라내고 연결해 줄 겁니다. 늘 하는 수술이니 어렵지는 않을 거예요. 입원은 수술 전후로 열흘 정도 하게 될 겁니다. 수술은 하루 이틀이 급한 건 아니지만 당연히 빠르면 빠를수록 좋으니 가능한 한 빨리 일정을 잡아 볼게요."

"저, 수술받으면 괜찮은 거죠?"

괜찮을 것이라고 확신할 수 있는 의학은 세상에 없다. 괜찮아질 가능성이 존재할 뿐.

"괜찮아질 거라고 굳게 믿고 최선을 다해야죠."

타고난 성격이 쾌활한 것인지 무거운 얘기를 하는 중에도 참 밝다. 하지만 그 속에 얼마나 많은 고민과 두려움을 숨기고 있는지는 들여다보지 않아도 훤하다.

"저기… 수술 끝나면 항암치료도 해야 하나요?"

"수술하고 조직검사 결과를 봐야 하겠지만, 해야 할 가능성이 높아요. 보통은 수술하고 퇴원한 뒤에 한 달 정도는 쉬었다가 항암치료를 시작합니다."

"아… 네. 그럼 혹시 항암치료를 몇 달 연기할 수는 없나요?"

"그건 좀 어렵습니다. 항암치료는 적절한 시기를 놓쳐버리면 소용이 없어지거든요. 그런데 무엇 때문에 그러시는 거죠?"

"제가 사실은 가을에 결혼을 하거든요…."

전혀 예상하지 못한 상황이다. 혼자 들어오길래 당연히 싱글일 것으로 생각했지. 외래 중에 그런 경우가 잘 없는데, 너무나 갑작스런 상황에 적절한 말을 이어가지 못하고 대화가 중단되었다. 공감의 기술이고 뭐고 아무리 배우고 익혀봐야 이런 상황에서는 아무런 소용이 없다. 당황스러운 표정을 숨기지 못하고 환자와 얼굴만 멀뚱멀뚱 마주 보다가 어렵사리 말을 꺼냈다.

"아… 그러시군요."

"저, 괜찮겠죠?"

괜찮아질 거라고 믿고 최선을 다해야죠. 환자들이 수술하면 괜찮아지는지를 하도 많이 물어보니 미리 준비해 둔 모범답안인데, 아까는 아무 생각 없이 쉽게 내뱉은 말이 입 밖으로 쉽사리 나오지를 않는다. 이 환자, 정말 괜찮은 걸까?

"그런데 예비 신랑은 같이 안 오셨네요."

"아직 말을 못 했거든요. 이제 해야죠."

점입가경이다. 요즘 시대가 어떤 시대인데. 결혼 전에 건강검진 결과를 주고받는 것이 흔해진 시대에, 가족 중에 암 환자가 있어도 결혼의 결격사유가 되는 이런 시대에, 예비 신부 본인이 대장암 진단을 받은 것을 신랑 측에서 과연 받아들일 수 있을까?

수술 당일이 되었다. 전날 회진을 하러 갔을 때 환자는 병실에 혼자 있었다. 예비 신랑은 어디로 간 것일까? 혹시라도 헤어진 것은 아닐까? 궁금하긴 한데 차마 물어볼 수가 없다. 괜히 물어봤다가 헤어졌다는 대답이라도 듣는다면 그 뒷감당을 어찌할 것인가? 환자는 수술장 침대에 누워서도 여전히 쾌활하다. 모자와 마스크 사이로 눈만 내놓은 내 얼굴을 용케도 알아보고 교수님 잘 부탁한다며 얼굴 한가득 미소를 짓는다. 그래서, 결혼은 하시기로 한 거예요? 목구멍까지 올라온 말을 애써 집어삼켰다. 지금 내 앞에서 마취약에 취해 막 잠이 든 여인이 아침 드라마의 비련의 여주인공은 부디 아니어야 할 텐데.

무사히 수술을 마치고 보호자 상담실로 들어서니, 건장한 남자 둘이

상담실을 차지하고 있다.

"환자와 어떤 관계이시죠?"

"저는 오빠이고, 이쪽은 남편 될 사람입니다."

남편이란다. 만세! 보호자 설명이고 나발이고 남편이라는 자의 손을 잡고 만세부터 부르고 싶은 심정이었다. 어려운 결정 하셨습니다. 진정한 사랑꾼이시군요. 아차, 여기는 그런 잡담이나 나누자고 마련된 자리가 아니지. 정신을 가다듬어야 한다.

"수술은 별 탈 없이 잘 끝났습니다. 아마 일주일 정도면 무리 없이 회복하실 수 있을 것이고요. 외래에서 설명해 드렸던 대로 항암치료는 아마 필요할 겁니다. 항암치료는 퇴원하고 한 달 정도 쉬었다가 시작하게 될 거예요."

"감사합니다."

남자들은 연신 고개를 숙였다. 여느 때와는 다르게 만감이 교차했다. 이들의 예쁜 사랑을 위해, 정말 괜찮아야 할 텐데. 정말.

3주가 지났다. 수술 후 무사히 회복한 예비 신부가 퇴원했다가 첫 외래 진료를 오는 날이다. 예비 신랑과 같이 올 줄 알았더니, 여전히 혼자다.

"남자친구가 평일에 시간 내기가 좀 어려워서요."

물어보지도 않았는데 내가 궁금해하는 걸 눈치챘는지 먼저 대답하고는 멋쩍게 웃는다. 나도 따라 웃으며 퇴원하고 불편한 곳은 없었는지 식사는 잘하고 대변은 잘 보는지 물었다. 밥도 잘 먹고 아무런 문제도 없었단다. 다행이다.

"3기 대장암이고요, 주변 림프절로 전이가 비교적 많은 편이라 항암치료가 매우 중요합니다. 젊으시니까 항암치료는 충분히 견디실 수 있을 거예요."

이런저런 설명을 읊으며 병리검사결과를 살피는데 아뿔싸, MLH-1 면역화학염색결과가 음성이다. 부랴부랴 현미부수체불안정성 검사 결과를 살폈더니 역시나 MSI-H이다. 젊은 나이에 발병한 대장암임을 함께 고려했을 때 유전성 대장암이 강하게 의심되는 상황. 분명히 가족력은 없었는데 하고 차트를 다시 뒤져 보니 부모님을 사고로 일찍 여읜 것으로 되어 있다. 허 참, 이 무슨 얄궂은 운명인가. 설명을 하다 말고 한참을 모니터만 뚫어지게 쳐다보며 심각한 표정을 짓고 있으니 불안한 기운을 감지한 환자가 먼저 입을 열었다.

"무슨 문제라도 있나요?"

알리지 않을 방도가 없다. 아니, 알리지 않으면 안 된다. 심호흡을 한번 크게 하고 다시 말문을 열었다.

"병리 검사 결과를 보니 유전성 대장암의 가능성이 꽤 있어요. 젊은 나이에 대장암이 생긴 것도 유전자 이상과 관련이 있을 가능성이 큽니다."

차마 환자의 얼굴을 쳐다보지 못하고 모니터에 시선을 고정한 채 설명을 하다 힐끔 환자의 눈치를 살폈다. 동요하는 기색이 얼굴에 살짝 드러나는 듯하다가 금세 사라졌다.

"우선은 유전자 검사를 해 봐야겠네요. 유전성 대장암일 경우 남아 있는 대장에 다시 암이 생길 확률이 상당히 높고, 자궁내막암이라든가 다른 종류의 암이 생길 수도 있습니다. 자식들에게 유전될 확률은 반반이에요."

"네…."

내가 얼마나 엄청난 말을 내뱉고 있는 것인지 과연 알아듣기나 한 것일까? 예비 신부는 잠시 생각에 잠기더니 알겠다고 대답하고는 수술을 잘 해주셔서 고맙다며 특유의 쾌활한 미소를 짓고 진료실을 나갔다. 닫힌 진료실 출입문을 멍하니 바라보았다. 예비 신랑이 같이 오지 않은 것이 다행일까 불행일까. 앞으로 이들의 운명은 어떻게 될 것인가. 아직 외래 대기 환자가 한참 남았는데 생각이 많아졌다. 제시간에 진료를 마치기는 글렀다.

유난히 추웠던 겨울이 지나가고 따스한 봄바람과 함께 예정대로라면 이제는 새색시가 되었을 환자가 외래 문을 밀고 들어섰다. 수 개월 간의 항암치료를 견디고도 얼굴 가득 미소는 여전한데, 또 혼자 왔다. 아 제발 좀. 담당 교수 늙는 꼴 보기 싫으면 보호자하고 같이 좀 다니세요. 그래서, 결혼은 하신 거죠? 남편은 오늘도 바쁘셔서 못 오신 거죠? 제발 그렇다고 말해줘요, 제발.

"항암치료는 힘들지 않으셨어요?"

정말 궁금한 건 물어보지 못하고, 의례적인 인사부터 했다. 안 힘들었을 리가 없는 걸 알면서도 으레 그렇게 물어본다. 많이 힘드셨죠, 토닥토닥. 뭐 이런 인사치레랄까.

"생각보다는 견딜 만했어요."

"다행이네요. 현재까지의 경과는 좋아요. 앞으로도 계속 정기적으로 검사를 하면서 재발하지 않는지 면밀히 살펴야 합니다."

가만히 듣고 있던 환자가 쭈뼛거리며 입을 열었다.

"저… 선생님. 뭐 하나만 여쭤봐도 될까요?"

"네, 그럼요."

"임신은 언제부터 해도 될까요?"

안도의 한숨이 내쉬어졌다. 그날 상담실에서 보았던 듬직한 예비 신랑은 역시 진정한 사랑꾼이었던 것이었다. 고맙습니다. 정말 고맙습니다. 누구에게 하는 말인지도 모를 혼잣말을 속으로 되뇌었다. 기왕 참으신 거 몇 달만 더 참읍시다. 대개는 문제가 없긴 하지만 만에 하나라는 것이 있으니까. 다음번 검사 결과 보고 이상 없으면 그때부터 본격적으로 계획하자고요. 아시겠지요? 새색시는 고개를 끄덕이며 환한 미소를 남기고 외래를 나섰다.

그래요. 확률은 확률일 뿐입니다. 분명 괜찮을 거예요. 당신도 괜찮을 거고, 당신 남편도 괜찮을 거고, 앞으로 생기게 될 새 생명도 물론 괜찮을 겁니다. 다 괜찮을 거예요. 전부 다. 그렇게 믿어야지요. 새색시가 남기고 간 희망의 기운이 진료실을 가득 채웠다. 힘이 솟는다. 왠지 오늘 외래 진료는 시간 내에 순조롭게 끝날 것만 같다.

노쇼(no-show)

　　노쇼(no-show)는 음식점에만 국한된 이야기가 아니다. 병원도 노쇼 환자들 때문에 골치를 앓는다. 예약된 외래 진료를 오지 않는 것이야 다음 환자 진료를 그냥 보면 되니 무슨 문제가 되겠냐만, 문제는 수술 날짜를 받아 놓고 예정된 날짜에 입원하지 않는 환자들이다. 입원해야 할 시간이 지났는데도 입원을 하지 않아 전화해 보면, 그제야 수술받지 않겠다고 하는 환자들이 있다. 미리 알려주기라도 하면 다음 주 수술 환자 일정을 당길 수라도 있지, 입원해야 하는 당일에 입원을 취소하면 대처할 방법이 없다. 소중한 수술 스케줄을 펑크낼 수밖에. 수술이 밀려 있는 상황에서 이런 노쇼 환자가 생기면 속이 터진다. 덕분에 한나절 쉬고 잘 되었다고 애써 위로하지만, 씁쓸함을 감출 수가 없다.

　　노쇼에도 여러 가지 유형이 있다. 다른 병원에서 수술받겠다고 가 버리는 환자나 수술받기를 거부하고 집에서 지내는 환자가 많지만, 간혹 돈이 없어서 입원을 안 하는 경우나 일이 바빠서 입원을 못했다고 하는 경우도 있다. 근무처가 지방이다 보니 서울로 수술받으러 가는 거야 막을 수도 없고 그렇게라도 수술을 받는다면 다행이지만, 문제는 환자 본인이 수술을 거부하는 경우다.

노인 환자가 떨떠름한 표정으로 외래 진료실에 앉아 있으면 일단 의심부터 든다. 또 수술 안 받는다고 하는 건 아닐까? 노인 환자들의 심리가 이해가 안 되는 것은 아니다. 아들딸에게 등 떠밀려 병원에 오긴 했는데, 전신마취를 해서 수술을 해야 한다는 말을 들으니 무섭기 짝이 없다. 앞에 앉은 새파랗게 젊은 의사는 수술 안 받으면 안 된다고, 이 정도 진행된 대장암이면 수술 안 받으면 몇 달 안에 배 아파서 응급실로 오게 될 거라며 겁을 주고 있다. 그럴 리가 없다. 내가 당뇨 약간 있는 거 말고는 지금까지 얼마나 건강했는데. 담배도 안 피우고 채소도 많이 먹고 운동도 매일 하고 얼마나 신경 썼는데. 변비 조금 있어서 내시경 받은 것뿐인데 대장암이라니. 수술을 받아야 한다니. 그럴 수가.

여기까지는 대다수 환자가 암이라는 진단을 받았을 때, 수술을 받아야 한다는 말을 들었을 때 공통적으로 보이는 반응이다. 여기서부터 내 역할이 중요하다.

"많이 놀라셨지요? 하지만 너무 걱정부터 하실 필요는 없습니다. 대장암은 치료 성적이 상당히 좋은 암에 속해요. 수술하고 치료 잘 받으시면 완치될 확률이 70퍼센트가 넘어요. 지금부터 시작이니 마음 굳게 먹고 같이 시작해 봅시다. 아시겠지요?"

보통은 이 정도만 말해도 먹힌다. 잘 부탁한다고 인사를 하고 나가는 환자들이 대부분이다.

문제는, 끝까지 수술을 거부하는 할머니 할아버지들이다.

"살아 봐야 얼마나 더 산다고 수술을 받아. 안 받고 죽을랍니다."

오만 가지 설득을 해도 통하지 않는 고집쟁이 노인들이다. 지금 수술을 해야 완치될 수 있다고, 그냥 놔두면 전이된다고, 몇 달 뒤에 막히거나 터져서 응급실로 오면 생명이 위독해진다고 아무리 설명해도 소용없다.

"그럼 그냥 죽고 말지 뭘."

"그게 그렇게 쉽게 콱 돌아가실 거 같으면 저도 수술받으시라고 안 해요. 절대 쉽게 안 죽습니다. 아픈 거 참을 수 있을 때까지 참다가 도저히 안 되어서 응급실로 오시게 되어 있다니까요. 제가 장담해요."

"아, 몰라. 어쨌든 수술은 안 해."

이렇게 나오면 도리가 없다. 수술 안 받겠다는 환자를 억지로 수술대에 눕힐 수는 없다. 그런데 보호자들 생각은 또 안 그렇다.

"교수님, 저희가 책임지고 설득시킬 테니까 일단 수술 날짜는 받아주세요. 엄마가 지금 경황이 없어서 그래요."

보호자의 간곡한 청을 외면할 수도 없다. 일단 수술은 예약해 드릴 테니 혹시 설득이 안 되면 제발 미리 전화로 연락을 주십사 간곡히 부탁드리지만, 상당수의 환자는 아무 말도 없다가 입원 당일에야 입원을 취소한다.

문제는 이런 환자들이 결국은 폭탄이 되어 돌아온다는 점이다. 의료진의 권유를 뿌리치고 집에서 지내다가 병을 키워 위중한 상황에서 응급실을 찾는 환자들을 만날 때면 울화가 치밀어 오른다. 그러기에 제가 뭐랬습니까. 수술받으셔야 한다고 그렇게 말씀드렸는데 말입니다.

서울로 가시는 거야 얼마든지 가셔도 상관없지만, 어디에서든 수술은 꼭 받으세요. 제발 부탁합니다.

계절근로자 Q의 이야기

"Q님 들어가십니다."

외래 진료실 문을 열고 젊은 남자가 들어섰다. 백육십이 될까 말까 한 키에 마른 체구, 까무잡잡한 피부는 물론이거니와, 동아시아인이라면 누구나 서로 한눈에 알아볼 수 있는 '동남아시아적인' 얼굴 생김새까지, 모든 것이 이 남자가 이역만리 타국에서 온 외국인임을 말해주고 있었다. 남자의 뒤를 건장한 체구의 '누가 봐도 한국인인' 남자가 따라 들어왔다. 젊은 동남아시아 여자와 그보다 약간 더 나이든 한국 남자 부부는 농어촌 지역에서 원체 흔하다 보니 병원에서도 자주 만날 수 있지만, 젊은 동남아시아 남자와 보호자로 따라온 한국 남자의 조합은 왠지 모르게 낯설었다. '대장암 의증 고진선처 바랍니다.'라는 간결한 문장이 박힌 소견서를 받아들며 나는 이 두 남자가 대체 어떤 관계일까를 생각하고 있었다.

"어디가 불편해서 오셨어요?"

의자에 앉아 좌우를 두리번거리던 Q는 내 질문에도 불안감이 가득한 눈만 껌벅거릴 뿐 대답을 하지 못했다. 뒤에 서 있던 한국 남자가 대신 말했다.

"베트남 사람인데요, 한국말을 잘 못합니다. 아니, 거의 못합니다."

어디가 불편한지는 물어봐야 진료를 시작할 거 아닌가. 시작부터 난관이다. 지푸라기라도 잡는 심정으로, 별로 그럴 거 같지 않지만, 뒤에 서 있던 남자에게 물었다.

"의사소통이 되세요?"

"아주 간단한 것들만요. Q, 어디, 아파?"

남자를 바라보던 Q가 알아들었는지 배를 쓰다듬으며 말했다.

"아파."

이로써 나는 한 번에 두 가지를 알아냈다. Q가 배를 아파한다는 것과, '아프다'는 단어의 뜻은 안다는 것. 하지만 알아내야 할 것들이 아직 수십 가지가 더 남았다. 알아야 할 것의 상당 부분은 검사 결과가 객관적으로 말해주겠지만, 환자로부터 직접 알아내지 않으면 안 되는 것들이 있다.

"다른 병은 없어요? 혈압이나 당뇨 같은 거."

알아들을 리가 없다. 역시나 뒤에 서 있는 남자가 대답했다.

"특별히 먹는 약은 없는 거 같았습니다."

그래, 삼십 대 젊은 남자가 다른 아픈 데가 있는 게 오히려 더 이상하다.

"가족 중에 대장암 진단받은 사람 없어요?"

첩첩산중이다. 뒤에 서 있는 남자는 어깨만 으쓱할 뿐 아무런 도움이 되질 못했다. 통역으로 따라온 것도 아니면 대체 뭐하러 따라온 것일까. 점점 더 두 남자의 관계가 궁금해지지만, 그게 중요한 것이 아니었다. 삼십 대 대장암 환자에게 가족력은 유전성 대장암 여부를 확인하기 위해 무엇보다도 중요했다. 어떻게든 Q로부터 내가 원하는 정보를 캐내야 했다. 하는 수 없지. 나는 인터넷 브라우저를 열고, 파파고에 접속한 후, '가족 중에 대장암 진단받은 사람 있어요?'를 입력하고, 베트남어 번역을 선택했다.

"Trong gia đình có ai được chẩn đoán ung thư đại tràng không?"

모니터에 뜬 글자들을 본 Q는 그제야 고개를 좌우로 흔들며 말했다.

"아니."

한국에 온 지 얼마나 되었는지는 모르겠지만, 그동안 Q에게 존댓말을 써 준 사람이라고는 아무도 없었던 것이 분명했다. 경험의 축적을 통해 Q의 뇌에 입력된 'không'은 한국말로 '아니'였다. '아니오'의 존재는 Q에게는 그저 미지의 영역이었다.

파파고의 도움을 받아 문진을 끝내고 드디어 Q를 침대에 눕혔다. 평소대로라면 2-3분 내로 끝났을 일들을 하느라 십여 분이 족히 흐르고 있었고, 나는 남은 대기 환자 명단을 보며 마음이 점점 초조해졌다. 일단 루틴 랩[22] 과 흉부, 복부 CT 검사를 한 후에 다음 주에 결과 확인하러 다시 오라고 해야겠다고 생각하면서 환자의 상의를 끌어 올리는

---

22) Routine laboratory test. 수술 환자를 대상으로 일반적으로 시행하는 피검사.

순간, 나는 흠칫 놀라지 않을 수 없었다. Q의 비쩍 마른 몸은 이미 커질 대로 커져 버린 암 덩어리를 채 가려주지도 못하고 있었다. 육안으로 보기에도 도드라진 좌상복부의 주먹만 한 종양을 누르자 Q는 인상을 찌푸렸다. 나는 Q도 알고 나도 아는 한국말로 물었다.

"아파요?"

Q는 Q의 한국말로 대답했다.

"아파."

종양 주변 압통이 분명히 나타나고 있었고, 복부 전반적으로 가스가 차 있었다. 검사 예약을 하고 이대로 집으로 돌아가서 다음 주까지 기다려서는 안 될 상황이었다. 응급실로 보내서 필요한 검사와 조치를 하고 입원을 시켜야겠다는 결정을 내리고 난 후에야, 나는 뒤에 서 있는 남자에게 Q와 어떤 관계인지를 물어봐야겠다는 생각이 들었다.

"두 분 관계가 어떻게 되세요?"

남자는 그제야, 물어보기를 기다렸다는 듯, Q가 할 줄 아는 한국말도 없이 이역만리 타국에서 대장암 진단을 받게 된 이유를 설명하기 시작했다.

"실은 얘가 계절근로자예요. 뱃일을 해야 하는데 애가 하도 비실거리고 자꾸 아프다고 하니까 동네 병원을 보냈더니 거기서 에스결장경인가? 그거 검사를 받고는 대장암이 의심된다고 진단을 받은 거죠."

"그러면 같이 오신 분은 관계가…."

"아, 저는 같이 일하는 사람입니다."

문득 스치는 생각이 있어 남자에게 물었다.

"그러면 건강보험 적용은 문제가 없는 건가요?"

"그게 문제예요. 계절근로자로 정식 절차를 밟고 데려온 거라서 4대 보험이 다 적용되니 지금은 괜찮아요. 그런데 이게 일종의 알바 같은 것이다 보니 수술받고 일도 못 할 애를 계속 고용하고 있을 의무가 사장님한테도 있는 게 아니거든요. 얘를 계속 데리고 있으면 일은 못 하는데 월급은 월급대로 나가고 새로운 사람을 데려올 수는 없게 되는 상황인 거죠. 그래서 대장암이 진단되자마자 얘를 내쫓으려는 걸 제가 수술이라도 받게 해주자고 사장님께 사정해서 데리고 왔습니다."

"아… 그러면 노동 계약이 종료되면 더 이상 보험 적용은 받을 수 없는 것이네요."

"그렇죠."

"비보험 병원비를 부담하기는 어려울 테고요."

"병원비는 둘째치고 비자 문제로 베트남으로 돌아가야 할 겁니다, 아마."

아무 영문도 모르고 이리저리 눈알을 굴리며 눈치만 보고 있는 Q의 모습이 못내 딱해 보였다. 일단 수술은 받기로 했다고 하니 뒷일은 생각하지 않기로 했다. 다시 인터넷 브라우저를 띄워 '응급실로 가세요'를 입력했다.

"Vào phòng cấp cứu đi."

Q는 모니터를 확인하고 꾸벅 인사를 한 후 외래 문을 나서며 말했다.

"캄사하미다."

Q에게서 처음 들은 존댓말이었다.

수술 후 닷새가 지나고 Q는 퇴원할 수 있을 만큼 회복되었다. 그사이 많은 일이 있었다. 응급실로 보내 찍은 CT에서는 하행결장암으로 인한 폐색 소견이 명확했고, 다발성 간 전이가 발견되었다. 완치가 어려운 상태의 4기 대장암이었다. 폐색을 해결하기 위해 스텐트를 넣었고, 환자의 사정을 고려해서 폐색으로 인한 장 부종이 어느 정도 빠졌다고 생각이 되자마자 수술을 했다. 수술 다음 날 "아파아파"만 반복하던 Q는 이튿날이 되자 "아파"라고 했고 삼 일째에는 "초큼 아파"라고 했다. 나는 Q가 "아파" 외에도 "초큼"이라는 말도 할 줄 안다는 것을 수술 후 삼 일째 되던 날 처음으로 알았다. 그리고 닷새째가 되자 Q는 병동을 활보하며 이젠 별로 아프지 않음을 온몸으로 알렸다. 하지만 그것은, 역설적이게도, 이제 베트남으로 돌아갈 때가 되었다는 뜻이기도 했다. 절제가 불가능한 다발성 간 전이가 있는 상황에서 언제까지 계속해야 할지 모르는 항암치료를 위해 Q를 계속 고용할 고용주는 세상 어디에도 없을 것이었다. 단기근로비자로 체류 중인 계절근로자의 특성상 근로 계약이 끝나면 베트남으로 돌아갈 수밖에 없었다. 이리저리 알아보았지만, 뾰족한 수가 없었다. 내가 해줄 수 있는 일은 여기까지였다.

"내일 퇴원하세요."

회진 때 내가 무슨 말을 해도 "아파" "초큼 아파" 외에는 눈만 끔벅이던 Q가 어쩐 일인지 휴대폰을 꺼내 들며 부산스럽게 굴었다. 본인도 답답한지 알아듣지도 못할 베트남어로 몇 마디 하다가 휴대폰으로 어딘가 전화를 걸어서는 나에게 건네주며 받아보라는 시늉을 했다. 내가 영문을 모르겠다는 표정을 짓자 Q가 말했다.

"통익. 통익."

전화기 너머로 다소 서툰 억양의 한국어가 들려왔다. 국제진료협력센터에서 연결해 준 통역사였다.

"여보세요. 통역입니다. Q 환자가 앞으로 치료가 어떻게 진행되는지를 궁금해하시네요."

그래, 얼마나 궁금할까. 통역사가 상주하는 것이 아니다 보니 Q는 궁금한 것을 속 시원히 물어볼 기회가 많지 않았다. 무슨 말을 해도 알아듣지 못하고 어색한 미소만 짓는다는 것을 알기 때문에 그동안 회진 때에도 특별한 설명을 해주지 못했었다. 나는 전화 너머의 통역사에게 Q의 현재 상태와 앞으로의 치료 계획에 대해 상세히 설명했다. 대장암을 절제했고, 수술 후 문제없이 회복되었고, 절제가 불가능한 간 전이가 여전히 남아 있고, 항암치료가 필요한 상황인데, 계절근로자 계약은 종료될 것이고, 비자 문제는 해결이 어렵고, 불법체류자가 되기 전에 베트남으로 돌아가야 하고, 따라서 앞으로의 치료는 베트남으로 돌아가서 받아야 할 것이라고, Q가 아닌 통역사에게 말했다. 아니, 사실 그것은 앞으로의 치료 계획이라고 하기는 어려웠다. 앞으로의 계획은 맞지만, 그 계획 안에 '치료'는 없었다.

전화기를 받아든 Q는 베트남어로 한참을 이야기했다. 다시 건네받은 전화기 너머로 통역사가 말했다.

"Q님은 한국에서 치료를 받고 싶다고 하시네요. 방법이 있을 거라고, 꼭 여기서 치료를 받게 해 달라고 합니다."

그럴 수만 있다면 나도 그러고 싶다. 하지만 방법이 없다. 고개를 좌우로 내저으려고 하는데 불안감에 간절함이 더해진 Q의 눈과 딱 마주치고 말았다. Q는 한 번도 배운 적 없는 한국말을 표정으로 말하고 있었다. '제발'. 아, 나는 이 베트남 청년의 희망의 싹을 도저히 단칼에 잘라 버릴 수가 없었다. Q는 내가 아니어도 결국에는 누군가를 통해 한국에서는 더 이상 치료가 어렵다는 사실을 전해 듣게 될 것이었다. 나는 그 사실을 전해주는 당사자가 내가 아니었으면 했다. 결국 나는 사실을 있는 그대로 말하지 못하고 비겁해지는 길을 선택했다. 통역사에게 "알아들었으니 내일 퇴원하고 2주 후에 외래로 오라고 해 달라"는 말만 남기고 전화기를 Q에게 넘겨준 채 도망치듯 자리를 피했다.

2주 후 Q가 외래로 왔다. 지난번에 같이 왔던 '누가 봐도 한국인인' 남자가 이번에도 동행했다. 반가움에 미소 지으며 물었다.

"식사 잘 하세요?"

Q는 또 눈만 멀뚱거리고 있다. 그래, 내가 잘못했다. 오른손으로 밥 먹는 시늉을 하며 다시 물었다.

"밥!"

Q는 알아들었다는 표정으로 고개를 끄덕이며 Q의 한국말로 대답했다.

"초큼."

옷을 걷어 올려 보니 다행히 수술 부위도 잘 아물었다. 이제 항암치료를 받을 일만 남았다. 그럴 리가 없지만, 혹시나 하는 마음에 뒤에서 있는 남자에게 물었다.

"항암치료는 어떻게 하기로 하셨어요?"

남자는 별 수 없다는 표정으로 대답했다.

"아마 오늘 진료가 한국에서 받는 마지막 진료가 되지 않을까 싶어요. 사장님 입장에서도 어쩔 수 없으니까요. 베트남으로 돌아가는 비행기 알아보고 있습니다."

역시나 안 되는 건 안 되는 것이다. 인터넷 브라우저를 열어 번역기에 내 마지막 말을 입력했다.

"대장암 수술은 잘 되었고 아무 문제 없이 회복되었으니, 베트남 가서 항암치료 잘 받으세요."

Q도 뭔가 하고 싶은 말이 있는 표정이었지만, 진료실 컴퓨터는 베트남어를 입력하는 기능은 없었다. Q는 머뭇머뭇 입술만 달싹이다가 이내 단념한 듯 일어서며 말했다.

"캄사하미다."

Q에게서 들은 두 번째 존댓말이었다.

세상 모든 환자를 구해내겠다는 영웅심에서 시작한 외과의사의 길인데, 현실의 벽은 만만치 않다. 나는 세상 모든 환자를 구해내지 못하는 것은 물론, 내 눈앞의 환자도 모두 구해내지 못하고, 때로는 할 수 있는 치료를 더 이상 해주지 못하고 환자를 보내기도 한다. 모든 이를 구해내리라는 허황된 꿈에서는 깨어난 지 오래지만 내 눈앞의 환자에게 내가 해줄 수 있는 치료를 다 하지 못하는 현실은 씁쓸하기 짝이 없다.

　찬 바람이 불기 시작하는 계절이 되면 Q의 한국말이 '초큼' 생각날 것 같다.

교수님께서 직접 수술하시지요?

　"드르렁~~~퓨~~~~~~. 드르렁~~퓨~~~~~~~"

　수술 준비가 되었다는 연락을 받고 수술방에 들어가니 코 고는 소리가 사방 천지에 진동한다. 척추마취 하에 경항문 종양 절제술이 예정된 할아버지다. 척추마취를 해서 통증은 없더라도 수술 중에 깨어 있는 것이 심리적으로 불편할 수 있기 때문에, 대개는 미다졸람(midazolam) 등으로 환자를 가볍게 재워서 수술을 한다. 물론, 가끔은 적은 용량에도 깊은 잠에 빠지는 환자들도 있다. 이 할아버지처럼.

　"아이고, 시끄러워서 수술을 못 하겠네요."

　스크럽을 하고 들어오며 너스레를 떨었더니 간호사가 웃으며 대답했다.

　"내내 교수님 기다리다가 이제 막 잠드셨어요."

　"그래요?"

　"네. 교수님이 직접 수술하시는 거 맞냐고 자꾸 물어보시더라고요."

　하이고 이것 참. 제가 직접 하지 그럼 누구한테 맡기겠어요. 누가 대신 수술하는 거 아닌지 걱정되어서 대체 잠은 어떻게 주무시나 몰라.

수술이 끝나고, 여전히 깊게 잠들어 있는 환자를 흔들어 깨웠다.

"환자분, 수술 잘 끝났어요."

"응?"

할아버지는 아직 잠에서 덜 깨어 어리둥절한 표정으로 나를 쳐다보았다. 미다졸람의 영향으로 어차피 무슨 일이 있었는지 기억도 잘 못하시게 될 걸 알면서도, 할아버지의 무의식에라도 남았으면 하는 바람을 담아 다시 한 번 외쳤다.

"수.술.잘.끝.났.다.고.요!"

내 목소리로 혼을 담아 외쳤으니, 담당 교수가 직접 수술했다는 믿음이 할아버지의 기억 저편에 아로새겨지지 않았을까.

외래 진료를 보다 보면 흔히 듣게 되는 질문이 있다.

"원장님께서 직접 수술하시지요?"

대리 수술이다 뭐다 잊을 만하면 방송에서 신문에서 떠들어대니, 정말 담당 교수가 수술하는 게 맞는지 다들 그렇게 걱정되시나 보다. '우리 병원 원장님은 따로 계시고, 원장님은 영상의학과 전공이라 수술은 못 하십니다. 원장님 대신 제가 수술하면 안 될까요?'라고 신소리를 늘어놓고 싶은 마음이 굴뚝같지만, 농담 따먹기나 하고 있기에는 기다리고 있는 외래 환자들이 너무 많다는 것을 알기에 단호하게 한마디만 하고 만다.

"그럼요."

단호하게 대답은 했지만, 모든 수술의 모든 과정을 내가 직접 다 하느냐를 물어보는 거라면 대답은 '아니오'이다. 피부 절개(skin incision)부터 시작해서 폐복(skin closure)에 이르기까지 전 과정을 모두 집도하는 경우를 일컬어 '스킨 투 스킨(skin to skin)'이라고 하는데, 초응급 상황이라 일분일초도 허비할 수 없어 내가 직접 해치워버리는 경우를 제외하고는 이런 경우는 거의 없다고 봐도 된다. 집도의가 혼자서 수술을 마무리하게 되면, 대학병원의 또 하나의 목적인 '수련'이 어려워지기 때문이다.

수술을 처음 배우는 외과의사라면 누구라도 예외 없이 배를 열고 닫는 것부터 시작하게 된다. 나 역시도 환자의 배를 처음 갈라 본 때가 있었고, 그때 느꼈던 메스 끝의 서늘한 감촉이 아직도 생생하다. 그러한 실제적인 감각은 환자를 상대로 직접 경험해 보지 않고는 체득하기 어렵다. 내가 '스킨 투 스킨'으로 수술을 끝내버리면, 수술은 빨리 끝날지 몰라도 내 수술에 들어온 전공의나 전임의는 수술을 배울 수 있는 기회를 잃게 된다. 내 입장에서는 내가 직접 하는 것이 훨씬 속 편하다. 내가 하면 오 분도 채 안 걸릴 과정을 어떻게 할지 망설여가며 십 분씩 이십 분씩 붙잡고 있는 전공의, 전임의 선생들을 '강판'의 유혹을 이겨내고 지켜보는 것은, 내가 직접 수술을 할 때보다 몇 배의 집중력과 몇십 배의 인내심을 요한다. 그럼에도 꾹 참고 하나하나 가르치는 것은, 그것이 대학병원에 소속된 교수의 의무이기 때문이다. 교수의 감독하에 걸음마를 배우듯 하나하나 해보아야 수련의들이 어엿한 외과의사로 거듭날 수 있다.

　분명한 사실은, 이것은 어디까지나 '내가 집도'하는 '내 수술'이다. 전공의, 전임의의 능력이 어디까지인지를 냉정하게 판단하고, 그 능력 내에서 할 수 있는 만큼의 수술을 경험하게 해주며, 그 모든 과정과 결과까지도 책임지는 것이 내 역할이다. 일부 과정을 전공의, 전임의들에게 맡기더라도 내가 했을 때와 아무런 차이가 없게 만드는 것까지가 내 임무이고 능력이다.

　그래서 나는 자신 있게 대답할 수 있다.

　제 이름을 걸고 하는 모든 수술은 제가 합니다. 그러니 걱정 붙들어 놓으세요.

엄마의 눈물

수술장 상담실 앞에 잠시 멈춰 서서 나는 숨을 깊게 들이쉬었다가 다시 내쉬었다. 상담실 문을 열면 아이 엄마가 초조하게 기다리고 있을 것이었다. 아이의 수술이 시작된 지 벌써 세 시간이 훌쩍 넘어가고 있었다. 문 너머 엄마의 표정이 문을 열지 않았는데도 눈앞에 훤히 그려지는 것만 같았다. 마음을 다잡아야만 했다. 긴장의 끈을 놓았다가는 내가 먼저 울어버릴 것만 같았다.

한 달 전 외래에서 처음 마주친 아이와 엄마의 모습이 다시 떠올랐다. 아이의 훤칠한 키와 떡 벌어진 어깨는 여느 장정 못지않았지만, 마스크 너머 드러난 앳된 얼굴은 아이가 아직은 분명 아이임을 말해주고 있었다. 아이는 다소 상기되어 있었을 뿐 담담했지만, 엄마는 전혀 그러질 못했다. 꼭 모아 그러쥔 두 손에서 엄마의 긴장과 불안이 생생히 전해졌다. 모니터에 표시된 아이의 나이는 만으로 열여덟. 대장암센터를 찾기에는 너무 어린 나이였다. 아이 이름을 클릭하자 소화기내과 교수님의 협진의뢰 팝업창이 떴다.

'FAP 의증으로 내원하여 시행한 대장내시경 검사에서 수백 개의 용종이 관찰되었습니다. 환자의 어머니, 이모가 30대에 FAP로 수술받은 가족력이 있습니다. 수술 의뢰드립니다. 감사합니다.'

FAP(familial adenomatous polyposis). 가족성 선종성 용종증. 유전질환.

아이와 아이 엄마를 다시 바라보았다. 아이는 여전히 태연했고, 엄마의 얼굴에는 수심이 가득했다. 엄마의 그늘진 눈은, 떨리는 손은, 단순히 아들의 병을 걱정하는 엄마의 그것이 아니었다. 그보다 훨씬 더 깊은 절망의 심연이었다.

"내시경은 언제 처음 해 봤어요?"

"지난 달이요."

뒤에 서 있던 엄마가 대답했다. 사실 대장내시경을 언제 처음 해보았느냐는 질문의 대상이 되기에는 아이는 너무 어렸다. 스무 살이 되기 전에 대장내시경을 받아 볼 이유가 무엇이 있겠는가. 그럼에도 질문과 대답이 자연스럽게 이어진 것은 물어본 쪽이나 대답하는 쪽이나 이미 알고 있었기 때문이다. 아이는 엄마로부터 가족성 용종증을 절반의 확률로 물려받았을 것이고, 그렇기 때문에 성인이 되면 대장내시경 검사를 시작해야 하며, 내시경에서 다발성 용종이 발견되면 암으로 진행하기 전에 수술을 받아야 한다는 사실을.

"고등학생이에요?"

"고3이에요. 3월에 대학 들어가요. 그래서 대학 들어가기 전에는 알려주고 검사해야지 싶어서 한 건데…."

엄마는 못내 말끝을 흐렸다.

사실을 사실대로 알리는 것은 때로는 상상할 수 없을 만큼 잔인하다. 나는 엄마가 아이에게 사실을 알리며 얼마나 고통스러웠을지 짐작조차 할 수 없었다. 엄마가 유전성 대장암 환자라는 사실, 수술을 받았다는 사실, 너에게도 그 원망스러운 유전자가 전해졌을 가능성이 있다는 사실. 아이가 어른이 될 때까지 열여덟 해 동안 엄마는 그 잔인한 사실들을 숨겨 오며 얼마나 많은 불안의 날들을 보냈을까. 천형과도 같은 유전성 대장암을 끝끝내 아이에게까지 물려주고 말았다는 사실을 처음 알게 되었을 때, 엄마는 얼마나 절망했을까. 내가 내 아이를 이렇게 만들었다는 죄책감을 엄마는 대체 어찌 견뎌내고 있을까. 엄마의 눈을 다시 바라보았다. 절망의 심연이 아까보다 한층 더 깊어 보였다.

수술 시기를 몇 년이라도 늦출 수 없을까, 직장이라도 일부 살릴 수 없을까 싶어 꼼꼼히 살폈지만, 내시경 검사 결과는 그리 좋지 않았다. 이미 진행하여 커지고 있는 용종이 항문관 바로 안쪽 하부 직장까지 광범위하게 퍼져 있었다. 직장 전체를 포함하여 대장전절제술을 시행하고 소장을 항문에다가 직접 연결하는 수술 외에는 다른 선택지가 없었다.

"자, 잘 들으세요. 환자분은 가족성 선종성 용종증이라는 병이에요. 대장 전체에 걸쳐 수백 개의 용종이 생기는 유전성 대장암의 일종이죠. 그 용종 하나하나가 암이 될 가능성이 있는 씨앗이기 때문에, 가족성 용종증 환자는 시간이 지나면 백 퍼센트 대장암에 걸리게 돼요. 그래서 암으로 진행되기 전에 수술을 하라고 되어 있어요. 여기 내시경 사진을 보시면 아직은 암이 되기 전인 것 같긴 하지만, 이미 진행을 많이 하고 있는 상태라 수술을 더 늦추기가 어렵겠네요. 바로 수술 날짜를 잡아야겠어요."

아이는 닥쳐올 미래를 제대로 이해하고나 있는 것인지 여전히 태연했다. 어쩌면 엄마 앞에서 약한 모습을 보이기 싫어서 애써 태연을 가장한 것이었을지도 모른다. 엄마는 이 모든 상황을 예상하고 있었는지, 금방이라도 무너질 것 같은 표정을 하고서도 무너지지 않고 버티고 있었다. 엄마가 힘겹게 입을 열었다.

"가능하면 방학 중에 수술받을 수 있을까요? 회복되고 나면 3월에 입학을 했으면 해서요."

3월 입학이라. 겨우 3개월밖에 남지 않았는데 과연 가능할까. 방학 중에 수술을 받는 일정에는 문제가 없었다. 하지만 수술 후 두 달 만에 입학을 한다는 것은 전혀 다른 문제였다. 대장전절제술을 하고 소장을 항문에 연결하는 것은 절대 만만한 수술이 아니었다. 오래 걸릴 수술이라는 사실은 둘째로 치더라도, 여러 이유로 수술이 계획대로 잘 진행되지 않거나, 수술 이후 합병증이 올 가능성이 높은 수술이었다. 환자가 수술 후 얼마나 잘 회복하고 적응할지도 미지수였다. 수술이 계획대로 잘 된다고 하더라도 대부분의 경우 장루를 만들어야 하고, 장루가 있는 상태에서 신입생으로 입학해 생활한다는 것은 결코 쉬운 일이 아닐 것이었다. 이 모든 것에 아무 문제가 없어야만 신학기에 입학이 가능했다.

미간을 찌푸린 채 아이를 다시 보았다. 아이는 일말의 의심도 없이 당신만 믿겠다는 순진한 눈으로 나를 바라보고 있었고, 나는 그 눈을 향해 차마 안 된다는 말을 할 수가 없었다.

"그래요. 수술하고 회복만 잘 되면 가능하겠지요. 젊고 건강하니까."

관건은 얼마나 수술을 잘 하느냐였다. 모든 것은 나에게 달려 있었다.

그래, 모든 책임은 나에게 있었다. 심호흡을 한 번 더 하고, 마음을 굳게 먹고, 상담실 문을 열었다. 엄마는 금방이라도 울 것만 같은 표정으로 앉아 있었다. 예상하고 있던 표정 그대로였지만, 막상 얼굴을 마주하니 굳게 먹었던 마음과 달리 입이 쉽게 떨어지지 않았다. 그래도 부딪쳐야만 했다.

"엄마, 잘 들으세요. 수술은 마무리하고 있어요. 마무리하고 있는데…"

엄마에게 수술의 진행 과정을 처음부터 끝까지 찬찬히 다 설명했다. 대장 전체를 절제해 내는 데는 전혀 문제가 없었고, 소장 끝부분을 주머니 모양을 만들어서 항문과 연결해야 했는데, 아이의 소장이 짧고 장간막이 다른 사람들보다 유난히 좁아서 소장을 항문까지 끌어내려 연결할 수 있을 만큼의 길이를 확보하기가 굉장히 어려웠고,

그래서 하는 수 없이 소장에 혈액을 공급하는 큰 혈관을 중간중간 묶고 잘라내 펼쳐서 길이를 만들어 내야 했고, 항문에 겨우 연결을 해내기는 했는데 장루를 만들 소장을 확보할 수가 없어서 장루 없이 수술을 끝냈고, 그런데 수술을 마무리하며 보니 항문에 연결된 소장 주머니 부분의 색깔이 썩 좋지 않았다고, 차근차근 설명했다. 아니, 그것은 사실은 설명이라기보다는 혼잣말에 가까웠다. 차근차근 설명한다고 해서 이해시킬 수 있는 성질의 것이 아니었다. 엄마가 불안 가득한 표정으로 되물었다.

"그러면 어떻게 되는 건데요?"

"길이를 확보하려고 혈관을 묶다 보니 소장 끝부분이 허혈에 빠져 있어요. 혈액 공급이 원활하지 못하다는 뜻이죠. 하루 이틀 지켜봐야 하겠지만, 이대로 허혈이 더 진행되면 소장이 괴사될 것이고 그러면 재수술을 해야 해요."

엄마의 눈물이 터지기 시작했다. 하지만 나에게는, 잔인하게도, 엄마의 감정의 파도에 휩쓸려 버리기 전에 전해야 할 말이 아직 남아 있었다.

"만약 그렇게 된다면 아이는 항문을 더 이상 쓸 수 없어요."

"…네?"

"평생 장루를 차고 살아야 한다는 거죠. 변주머니요."

내 말이 끝나자마자 엄마는 두 손으로 얼굴을 가리고 오열했다. 나는 뭐라도 위로의 말을 건네고 싶었지만, 도저히 그럴 수가 없었다. 꽉

깨문 입술을 약간이라도 떼었다가는 억지로 삼킨 눈물이 다시 솟아오를 것만 같았기 때문이다. 수술 전날 회진 때 그저 교수님만 믿겠다고 신신당부하던 엄마의 간절한 목소리가 귓전에 맴돌았다. 모든 책임은 나에게 있었다. 일단 엄마를 진정시켜야 했다.

"일단 경과를 좀 봐요. 나빠질 거라는 생각보다는 좋아질 거라는 기대를 가집시다."

하지만 엄마의 오열은 멈출 줄을 몰랐고, 내 말은 메아리처럼 허공으로 퍼져 버렸다. 그렇게 아이 엄마와 나는 수술장 상담실을 차지한 채 한참을 마주 앉아 있었다.

그리고, 걱정 속에 이틀이 지났다.

엄마의 간절한 기도가 통한 것일까. 아이는 빠른 회복세를 보였다. 열도 없고 백혈구와 crp 수치 모두 정상적인 회복 양상이었다. 결국 모든 것이 좋아지게 될 것을, 최악의 시나리오를 설명해서 괜히 엄마의 눈물만 쏙 빼놓은 꼴이 되었다. 그냥 다 잘 되었다고 설명하고, 걱정은 속으로 혼자서만 할 걸 그랬나 싶은 후회의 감정이 슬며시 밀려들었다. 그래서는 절대 안 된다는 것을, 단지 결과론에 불과하다는 것을, 만약 그랬다가 아이의 상태가 갑자기 나빠지기라도 했다면 뒷감당이 어렵다는 사실을 너무 잘 알면서도 부질없는 후회를 하는 것은, 오열하며 무너지던 엄마를 감당해 내기가 정신적으로 버거웠기 때문이리라. 노인 환자의 자식들이 울 때는 그냥 그러려니 하면서도, 젊은 환자의 엄마가 울 때는 나도 같이 감정이 격해지곤 한다. 부모의 마음은 누구라도 다 똑같다.

수술 후 이틀째 되는 날 아침, 수술 부위가 괴사 없이 잘 아물고 있음을 확인하기 위해 외래 진찰실에서 직장경 검사를 시행했다. 깨끗했다. 안도의 한숨이 저절로 내쉬어졌다.

"경과가 아주 좋네요. 이제 한시름 놓으셔도 될 거 같아요."

이제 괜찮다는 내 말에 밖에서 초조하게 기다리던 아이 엄마는 또다시 눈물을 보였다. 아이고, 이 울보 엄마를 어찌할꼬?

"아이가 어리고 건강해서 스스로 이겨낸 거예요. 한 일주일 지나면 퇴원할 수 있을 거예요."

"감사합니다, 교수님. 정말 감사합니다."

아이 엄마는 머리가 땅에 닿도록 거듭 절을 했다. 엄마의 얼굴에 항상 드리워져 있던 그늘이 걷히고 있었다.

"엄마, 이제 그만 좀 울어요. 다 잘 될 거니까."

아이 엄마가 처음으로 환하게 웃었다. 나도 같이 환하게 웃었다.

신은 대체 어디에?

　　진료실 문을 열고 들어오는 L의 얼굴은 수척함 그 자체였다. 아니, 사실은 단순히 수척한 정도가 아니었다. 이미 검사 결과를 알고 있는 나에게는 L의 얼굴에 짙게 드리워진 죽음의 그림자가 명확하게 보였다. 그동안 어떻게 지냈느냐는 말을 꺼내기도 전에 L이 먼저 말을 꺼냈다.

"교수님, 요즘 너무 힘이 들어요. 하루 종일 피곤하고 쉬어도 회복이 안 됩니다. 제 몸이 왜 이런지를 모르겠어요."

　나는 이미 이유를 알고 있었다. 하지만 그 이유를 선뜻 말할 수가 없어 입을 꾹 다문 채 애꿎은 차트만 이리 넘겼다 저리 넘겼다 시간을 끌었다. 심상치 않은 분위기를 느꼈는지 L이 말을 이었다.

"괜찮아요, 교수님. 말씀해 주세요. 뭐가 안 좋은가요?"

　안 좋다. 더 이상 안 좋을 수 없을 만큼 안 좋다. 내 환자 중에 암이 이 정도로 빠르게 진행한 경우는 손에 꼽을 정도였다. 그중에서도 L이 단연 일등이었다. 직장암 천공으로 응급수술을 하고 사경을 헤매다가 기적적으로 회복해서 항암치료까지 완료할 수 있었음에 감사한다고, 아프고 나서 느낀 바가 있어 요양보호사 자격을 따서 베풀면서 살려고 한다고 희망에 부풀어 있던 때가 불과 3개월 전이었다. 그때까지만 해도 깨끗했던 몸속이 간, 폐, 복막, 골반, 뼈까지 재발한 암으로 가득했고, 장폐색도 생겨 있었다. 어디가 안 좋다고 말을 해주어야 하는데, 그 어디가 어디라고 특정할 수조차 없었다. 그냥 모든 곳이, 모든 것이 다 안 좋았다.

"제가 요양보호사 자격시험을 봤거든요. 다음 주면 발표가 날 건데 붙을 거 같아요. 그런데 이렇게 힘이 없어서야 아무것도 못 하겠어요. 입원해서 주사라도 좀 맞아야 할까요, 교수님?"

L은 본인이 머지않아 요양보호사로 일할 것을 추호도 의심하지 않고 있었다. 단지 좀 피곤한 거라고, 입원해서 치료받으면 나아질 거라고, 당신이 나를 낫게 해줄 것 아니냐고, 여전히 그렇게 믿고 있는 것 같았다. 나는 어렵게 입을 열었다.

"식사는 좀 하세요?"

"아니요. 도통 입맛이 없어서 먹는 둥 마는 둥 합니다."

부질없는 질문이었다. 이 정도로 장폐색이 진행된 상황에서 잘 먹을 수 있을 리가 없었다. 잠시 침묵이 이어졌다. 더 이상은 피할 수가 없었다. 모질게 마음을 먹고 다시 입을 열었다.

"검사 결과가 안 좋아요. 그냥 안 좋은 게 아니고, 너무 안 좋아요. 암이 재발해서 몸 전체에 퍼졌어요. 재발한 암이 장을 막고 있고요. 여기 보이시죠. 여기가 간인데 간 전체가 전이된 암으로 뒤덮여 있어요.

피검사에서 간수치가 400이 넘었는데, 정상치의 열 배가 넘어요. 간전이가 심해져서 간이 제 기능을 못하기 시작한 거죠. 석 달 사이에 손을 쓸 수 없을 정도로 갑자기 진행해 버렸습니다."

L은 장탄식을 내뱉었다.

"아… 그래서 그렇게 피곤했구나. 어쩐지 전에는 한 번도 이런 적이 없었는데, 너무 심하더라고요. 그러면 항암치료를 다시 해야 할까요?"

내 표정은 더욱 굳어졌다.

"항암을 하려면 식사를 할 수 있어야 하는데, 장폐색이 진행하고 있는 상황이라 지금 당장은 항암치료도 할 수가 없어요. 장폐색을 해결하려면 수술 외에는 방법이 없는데, 간 기능이 너무 떨어져 있어서 전신마취 자체가 위험해요. 무리해서 수술을 받고 천만다행으로 회복한다고 하더라도 항암을 시작하려면 수술 이후에 한 달은 최소 쉬어야 하는데, 지금 암이 자라는 속도로 봐서는 그사이에 암이 더 진행해 버릴 거예요."

할 말을 잃고 멍하게 있는 L에게 나는 마지막 선고를 했다.

"얼마 안 남으셨어요. 길어야 두세 달, 올해를 넘기기 힘드실 수도 있습니다. 괜히 수술하고 고생하시느니 그냥 이대로 지내시는 편이 나아요. 호스피스 상담받으시도록 연계해 드릴게요."

L은 아직 현실감이 없어 보였다.

"요양보호사 자격 따려고 열심히 했거든요. 다음 주면 발표가 나요.

이제 저도 베풀면서 살려고요. 어쩐지 너무 피곤하더라니. 제가 그런 적이 없었거든요. 아, 이거 참. 다음 주면 발표가 나는데. 이렇게 기운이 없어서야 원. 뭘 먹지도 못하겠고…."

L의 독백이 끝나지 않을 것처럼 이어졌다. 내가 할 수 있는 일이라고는 그저 조용히 귀를 기울여 들어주는 것밖에 없었다.

> 만일 하느님의 뜻이라면, 하느님은 부끄러운 줄 알아야 한다. 이
> 것이 내가 하는 말이다. 그게 아니라면, 하느님은 부끄러운 줄 알
> 아야 한다. 둘은 똑같은 말로 들린다. 나는 계속 '전능하신 분'에
> 게 주먹을 휘두르며, 십삼일 아침에 어디 계셨습니까? 하고 묻는
> 다. 알리바이는 매일 바뀐다.
>
> — 토마스 린치 『죽음을 묻는 자, 삶을 묻다』

어차피 인간이 할 수 있는 일은 한계가 있다. 더 이상 어찌할 도리가 없음을 쉬이 받아들일 수만 있다면 마음이 한결 편해지겠지만, 바이탈을 다루는 의사로서 이제 더 이상 해줄 수 있는 것이 없음을 인정하는 것은 결코 쉽지 않다. 내가 할 수 있는 최선의 노력을 다했음에도 죽음의 문턱을 넘나드는 환자를 보고 있노라면, 믿지도 않는 신을 향해 기도라도 드리고 싶은 심정이 된다. 하느님, 예수님, 부처님, 알라신이시여. 천지신명이시여. 부디 굽어살피시어 이 환자만큼은 살려 주시옵소서. 하지만 아무런 믿음도 없는 일개 의사 나부랭이가 필

요할 때만 드리는 기도가 무슨 소용이 있으랴. 내 능력이 모자라 결국 떠나보낼 수밖에 없었던 환자들은 하나하나 절망과 좌절의 상흔으로 기억 속에 오롯이 남는다.

인간이 절대자의 뜻을 전부 헤아릴 수는 없겠지만, 나는 여전히 회의한다. 대체 이 사람들은 무슨 죄가 있어서 이렇게 앓다가 죽어가는 것일까? 이들이 죄를 지은 것이 아니라면, 이들의 고통은 무엇에 기인하는 것일까? 사람은 누구나 원죄를 가지고 있다면, 왜 누구는 고요한 죽음을 맞는 반면 누구는 거듭되는 수술과 항암치료 속에서 괴로워하다가 생을 마감하게 되는 것일까? 시인이자 장의사인 토마스 린치는 그의 에세이 『죽음을 묻는 자, 삶을 묻다』에서 신을 향해 '부끄러운 줄 알아야 한다'며 '주먹을 휘두른다'고 했다. 이것은 죽음을 가장 가까이에서 지켜보는 이의 가장 솔직한 고백일 것이다. 과연 '전능하신 분'은 존재하는 것일까?

진료실 문을 나서는 L의 등을 보며 생각했다.

전능하신 분이시여. L이 잘 먹지도 못하면서 요양보호사 시험을 준비할 때, 당신께서는 대체 어디에 계셨습니까? 한낱 나약한 인간인 저는 대체 뭘 어찌해야 할까요?

라플라스의 악마

이처럼 모든 것이 결정되어 있다면 이제 미래는
여러 갈래로 매 순간 분기하는 가능성의 갈림길이 아니다. 과거
로부터 이어지던 길이 하나인 것처럼, 미래는 또 마찬가지로 오
로지 하나의 길로만 존재하게 된다. (중략) 내가 매 순간 미래를 향
해 분기하는 가능성의 여러 갈림길을 볼 때, 나와 함께 나란히 서
있는 라플라스의 악마는 그중 딱 하나의 이미 결정된 길만을 본
다는 뜻이다. 선택의 자유를 믿으며 미래의 가능성을 내가 꿈꿀
때, 라플라스의 악마는 하나의 길로 정해진 미래를 보지 못하는
내 초라한 지적 능력을 가련히 여길 거다.

- 김범준 『관계의 과학』

의학은 선택의 연속이다. 답이 하나로 정해져 있다면, 매 순간 최선
의 선택을 고민하는 부담이 덜해지겠지. 의학이란 1 더하기 1이 2가
아닐 가능성을 항상 생각해야 하는 학문이라는 것을 미리 알았더라
면, 난 분명 의학이 아니라 수학이나 물리학을 전공했을 것이다. 나는

정답이 정해져 있지 않은 문제에 대하여 옳은 선택을 하도록 늘 강요받고, 그 결과는 온전히 나의 책임으로 돌아온다.

지난 넉 달을 입원해 있던 할머니가 있었다. 대장암 천공으로 인한 패혈증으로 응급으로 수술을 받았고, 다행히 회복되어 집에서 지내던 중 일 년이 채 지나지 않아 수술 부위에 암이 재발하여 장을 다시 막아 버렸다. 또다시 응급수술을 받았지만 수술 결과가 좋지 않아 재수술에 재수술을 거듭했고, 이제는 회복의 가능성 없이 그저 목숨만 이어 가고 있었다.

마음속 깊은 곳에 넣어 두고 잊고 살 수 있으면 좋으련만, 환자가 병동에 입원해 있는 한 의사는 '살아 있는 실패의 증거'를 매일 마주해야 한다. 보호자들은 회진 때마다 고맙다며 인사를 하지만, 실은 속으로 얼마나 나를 원망하고 있을까? 항상 결과가 좋을 수만은 없다는 자기 위안으로는 해결되지 않는 마음의 짐이 환자를 만나는 하루하루 커져만 간다.

복기를 해본다. 처음부터 수술을 하지 말았어야 했을까? 첫 수술 때 우회로를 만들 것이 아니라 소장으로 장루를 만들어야 했을까? 두 번째 재수술은 아무래도 무리였을까? 고민하고 또 고민해 보아도 내 판단이 잘못되지는 않았다. 하지만 결과적으로는 실패했고, 할머니는 미음 한 모금 제대로 넘기지 못하고 침대에 누워만 있었다. 선택의 순간에 다른 판단을 했다면 어땠을까? 할머니는 지금쯤이면 벌써 퇴원했을 수도 있지 않을까?

　사실은 이렇게 되도록 이미 정해져 있던 미래였을까? 나에게 선택의 여지 따위는 없었던 것일까? 나는 단지 정해진 미래를 알지 못했던 것뿐이었을까? 악마에게, 라플라스의 악마에게 이 모든 짐을 떠넘겨 버리면 되는 것일까?

　할머니의 마지막이 다가오고 있었다. 할머니의 영혼은 이미 이승을 떠나버린 듯 보호자들의 부름에도 반응이 없이 숨만 힘겹게 헐떡이고 있었다. 지난 넉 달을 번갈아 병상을 지키던 아들과 딸이 그 힘겨운 숨을 지켜보기 버거워 나에게 조용히 물었다.

　"지금이라도 편히 떠나실 수 있게 조치해 주실 수는 없습니까?"

　아니다. 안 될 말이다. 나는 삶을 이어가게 하는 법을 배웠을 뿐, 삶을 거두는 방법은 배운 적이 없다. 이미 짙은 죽음의 그림자가 병실을 가득 채우고 있었고, 내가 해줄 수 있는 것이 없다는 것을 보호자들도 알고 있었다. 조용히 고개를 젓고 병실을 나왔다.

　할머니는 다음 날 아침 세상을 떠났다.

　'입자의 위치와 속도가 주어지면 미래가 하나로 결정되어 있다'라는 19세기 물리학은 더 이상 진실이 아니다. 양자역학은 위치와 속도를 함께 정확히 알 수 없다는 것을, 카오스는 위치와 속도를 아무리 정확히 측정해 알아내도 결국 미래를 정확히 예측할 수는 없다는 것을 알려줬다.

- 김범준 『관계의 과학』

미래는 결정되어 있지 않다. 나비의 작은 날갯짓 하나가 폭풍을 몰고 올 수 있듯, 나의 작은 선택 하나가 환자의 삶과 죽음을 가르게 될지도 모른다. 환자의 인생이 걸린 그 판단의 무게는 때로 감당할 수 없을 만큼 무겁다.

———— 지키지 못할 다짐

세상에 사연 없는 환자가 어디 있으랴. 젊어서부터 안 해본 일 없이 있는 고생 없는 고생 다 하다가 애들 대학까지 다 보내고 이제 좀 살 만해지나 싶었더니 대장암에 걸려 시한부 인생을 선고받은 이야기나, 나이 마흔다섯에 천생배필 한 번 찾아보겠다고 필리핀까지 날아가 구해 온 스무 살 아내가 결혼한 지 여섯 달 만에 난소암 진단을 받고 이 년간 투병하다 세상을 떠난 이야기는 사연 축에도 끼지 못한다. 세상은 드라마보다 더 드라마 같아서, 어느 드라마 작가가 막장이라고 욕을 먹을지언정 시청자들 눈물 한 번 짜내보겠다고 작심하고 쓴 스토리보다도, 세상에 그런 기막힌 일이 어디 있느냐고 말도 안 된다고 혀를 차던 그 이야기보다도 더한 일들이 병원이라는 세상에서는 진짜로 일어나고 있다. 내가 웬만한 사연에는 눈 하나 깜짝하지 않는 건, 워낙 다양한 환자들의 사연에 무디어질 대로 무디어졌기 때문이다.

그런 나도 도저히 짠한 감정을 숨기기 어려울 때가 있다.

바로 의사 자신이 암환자가 되어 나타날 때다.

K가 응급실로 내원한 것은 두 달 전 어느 주말이었다. 간, 폐, 뇌전이까지 있는 하행결장암 환자가 종양에 의한 장폐색으로 응급실로 내원했다는 보고를 받았다. 종양이 크고 굴곡져 있어 스텐트 시술도 어렵다고 했다. 자주 있는 일이다. 응급수술을 준비하라 이르고 병원으로 나섰다.

수술대에 누워 있는 환자의 몸은 가냘프기 그지없었다. 암의 진행으로 근육량이 줄어들어 바싹 말라버린 말기 암환자의 전형적인 모습이었다. 아직 오십 대 초반에 불과한 환자였다. 불과 석 달 전에 진단받고 항암도 세 차례밖에 못 했다는데, 대체 그동안 뭐하느라 암이 이 지경으로 진행할 때까지 몰랐을까. 나이 마흔이 넘으면 한 번쯤은 종합검진을 받아볼 만도 한데.

"이 환자 뭐 하는 사람이래?"

환자의 배를 소독하고 있던 전공의에게 물었다.

"의사랍니다."

뒤통수를 얻어맞은 듯한 충격이 엄습했다. 뭐라고? 의사라고?

"외과의사라고 하던데요, 환자 본인이."

벌어진 입을 다물지도 못하고 멍하니 수술대에 누운 환자의 몸을 다시 바라보았다. 채 한 줌도 될 것 같지 않은, 배에 힘을 주고 세게 불면 훅 날아가 버릴 것만 같은 저 앙상한 몸뚱이의 주인이 정말 의사란 말인가. 그것도 다른 과도 아닌, 외과의사라니. 믿을 수가 없었다.

"확실해?"

"확실해요. 가능하면 Hartmann[23] 하지 말고 primary anastomosis[24]
해 달라고 제가 뭐라고 설명하기도 전에 먼저 말하던데요?"

그랬다. K는 정말로 외과의사였다.

K의 배 속은 예상대로였다. 진행할 대로 진행한 대장암이 후복막을
침범하여 단단히 고정되어 있었고, 상부 결장은 터질 듯이 늘어나 있
었다. 여느 환자였다면 절제 없이 우회 장루만 조성하고 끝내는 편이
나을 수도 있는 상황이었다. 이걸 설마 떼어 낼 거냐는 전공의의 의심
가득한 눈초리를 애써 외면하고 암덩어리를 주변 조직으로부터 분리
해 내기 시작했다. 수술은 쉽지 않았다. 고환정맥을 침범하고 있어 동
반 절제해야 했고, 좌측 요관을 어렵게 분리해 냈다. 종양 침윤으로
불분명해진 경계를 따라 박리를 하고, 이미 퍼질 대로 퍼져 버린 복강
내 파종 사이로 조직을 절제해 내었다.

"교수님, 연결하실 건가요?"

제1 조수로 들어온 치프 전공의가 걱정을 가득 담아 물었다. 장시
간 이어진 폐색으로 늘어나고 부어 버린 대장을 연결하게 되면 그만
큼 문합부 누출의 위험이 높아진다. 별 고민 없이 말단결장루를 조성
하고 하트만 수술로 끝내 버리면 될 것을, 나는 고민에 고민을 거듭하
고 있었다. 환자가 의사라는 이유로, 환자가 일차 문합을 간절히 원한
다는 이유 때문에.

---

23) 하트만 수술. 대장 절제 후 문합하지 않고 말단결장으로 장루를 조성하는 수술.
24) 일차 문합술. 여기서는 절제 후 장루를 만들지 않고 문합하는 수술을 의미한다.

"어떻게 하는 게 좋겠니?"

"하트만 해야 하지 않을까요?"

내 생각도 같았다. 수술 방법을 결정하는 데 있어서 가장 중요한 것은 환자의 안전이었다. 문합부 누출이 발생할 가능성과 누출이 생겼을 때 재수술로 인한 위험성을 고려한다면, 하트만 수술로 끝내는 것이 타당했다. 하지만 환자의 앙상한 몸뚱이가 머릿속에 계속 아른거렸다. 일차 문합을 원한다는 환자의 목소리가, 아직 한 번도 들어보지 못한 환자의 목소리가 귓가를 맴돌았다. 의사인데. 외과의사인데.

"문합하자."

"…괜찮으시겠어요?"

의사들 사이에 통용되는 은어 가운데 VIP 신드롬이라는 것이 있다. 그냥 하던 대로 하면 되는데, VIP 환자라고 더 잘해주려고 평소와 다르게 신경 쓰다가 괜한 합병증을 만들게 됨을 일컫는 말이다. 평소대로 하면 되는데, 그냥 장루 만들고 끝내면 되는데, 아직 얼굴 한 번 제대로 마주치지 못한 환자의 직업이 외과의사라는 이유로 나는 일차 문합을 결정했다. 물론 일차 문합을 하게 된 의학적 근거를 대라면 한 손 손가락이 모자랄 만큼 꼽을 수 있었다. 문합부가 복강 내에 위치하여 비교적 누출 위험이 낮았고, 장기간 제대로 먹지 못하여 장 내 용물이 많지 않았고, 장이 늘어난 정도에 비하여 장벽의 부종은 심하지 않았고, 환자가 젊고 아무런 기저질환이 없었으며, 무엇보다도 얼마 남지 않았음이 분명한 환자의 여생에 장루가 있느냐 없느냐는 삶의 질이나 환자의 자존감 측면에서 차이가 클 것이었다. 하지만 결정의 큰 이유 중 하나가 환자가 외과의사이기 때문이라는 것은 부정할 수 없었다.

　그야말로 신중에 신중을 기해 문합했다. 두어 달에 불과할지도 모르는 환자의 여명을 생각했을 때, 문합부 누출이 생기게 되면 환자는 병원에서 생을 마감하게 될 가능성이 컸다. 그럴 수는 없었다. 어떻게든 퇴원시켜야 했다. 환자 스스로 남은 생을 정리할 수 있도록 시간을 주어야 했다. 문합을 하는 와중에도 내가 과연 잘하고 있는 것인가를 고민하고 또 고민했다. 이미 자동문합기로 문합이 끝난 부위를 손으로 다시 꿰매고, 안심이 안 되어 한 번 더 꿰맸다. 그렇게 해서라도 지켜주고 싶었다. 반평생 환자를 위해 살았을 한 의사의 생의 마지막을. 수십 년간 수술대에 누운 환자를 돌보느라 스스로는 미처 돌보지 못하고 이제는 시한부 인생이 되어 수술대에 누워 있는 한 인간의 소원을.

　수술 다음 날, 병실에서 K를 만났다. 설명해 줄 말이 많았지만, 굳이 설명이 필요 없었다. 궁금한 것이 많았지만, 아무것도 물어볼 수가 없었다. 어느 대학을 졸업했는지, 어느 병원에서 일했는지, 세부 전공은 무엇인지 끝내 아무것도 물어보지 못했다. 모든 것을 체념한 듯한 K의 눈을 보며, 나는 아무런 말도 꺼내지 못했다. 침묵을 깬 건 환자 쪽이었다.

　"감사합니다, 교수님."

수백 수천 번 들었던 감사하다는 말이 그렇게도 새삼스러울 수 없었다. 감사하다는 말 한마디에 이미 모든 것을 이해하고 있다는 말이 녹아들어 있었다. 나는 더 이상 말을 이어갈 필요를 느끼지 못했다.

"곧 괜찮아지실 겁니다. 경과를 지켜봅시다."

간단한 한마디만 남기고 자리를 떴다.

닷새 뒤, K가 퇴원하겠다고 했다. 다행히 우려했던 문합부 누출은 생기지 않았지만, K는 아직 미음 한 모금 제대로 넘기지 못하고 있었다. 뇌전이 병변의 범위가 넓어지고 있는지, 정신이 또렷하지 못하고 멍하니 정면을 응시하고 있는 시간이 점차 길어지고 있었다. 시간이 얼마 남지 않았고, K는 퇴원을 강력히 원했다.

"정말 괜찮으시겠어요?"

"집에 가고 싶습니다."

'집'이라는 단어 한마디가 모든 것을 함축하고 있었다. K는 가장 편안한 곳에서 생을 마무리하고 싶음이 분명했다. 나는 그 간절한 눈을 마다할 수 있을 정도로 냉정하지는 못했다.

"정 그러시면 내일 퇴원하세요."

그렇게 K는 병원을 떠났고, 다시는 K의 모습을 볼 수 없었다.

외과의사는 냉철해질 필요가 있다. 환자 한 명 한 명의 안타까운 사연과 환자의 치료는 별개가 되어야 한다. 환자의 기구한 운명 하나하나에 휘둘리다가는 현명하고 냉정한 판단을 내리기가 힘들다는 사실을 나는 익히 알고 있었다. 십수 년의 의사 생활을 거치며 나는 내가 충분히 냉철해졌다고 생각했다. 하지만 아직 모자란가 보다.

마치 거울을 들여다보는 것만 같아 회진을 하러 가기조차 힘겨웠던 환자를 떠나보냈다. 환자를 가슴에 묻으며 다짐했다. 앞으로는 환자와 나를 동일시하여 감정적으로 버거워하지 않으리라. 환자는 환자로서 객관적으로 바라보고 냉정해지리라. 하지만 나는 또한 잘 알고 있었다. 그 다짐은 결코 지켜질 수 없을 것이라는 사실을.

똥주머니를 차고 산다는 것

장루에 관한 짧은 이야기들

1.

초등학교 6학년 때였다. 내가 다니던 영어학원의 원장 선생님이 한 몇 달 보이지 않자 학생들 사이에 이런저런 소문이 돌기 시작했다. 미국으로 이민을 갔다는 둥, 모 선생님과 눈이 맞아서 도망 갔다는 둥, 하나같이 신뢰할 수 없는 소문들이 말 옮기기 좋아하는 아이들에 의해 퍼져나갔는데, 그중에서도 내가 제일 말이 안 된다고 생각했던 것은 원장 선생님이 큰 수술을 받고 항문으로 대변을 보지 못해서 똥주머니로 대변을 받아내고 있다는 소문이었다. 나는 세상에 사람이 똥주머니를 차고 어떻게 사냐고 거짓말하지 말라고 코웃음을 쳤고, 그 소문을 가져온 당사자도 본인도 들은 이야기라며 얼버무리는 것이 본인 입으로 말하면서도 사실이라고 믿고 있는 것 같지는 않았다. 이제 와서 생각해보니 근거 없는 소문 중에서 쓸데없이 구체적인 데다가, 초등학생이 지어냈다고는 생각하기 어려운 똥주머니 이야기만은 진실이었을지도 모르겠다는 생각이 든다.

장루에 관한 일반인들의 인식은 그때 그 초등학생들 이상도 이하도 아니다. 장루가 무엇인지 알지도 못하고, 장루가 인공항문이라고 설명을 하면 '인공항문'이라는 단어가 주는 뉘앙스 때문에 항문이 있는 위치에 항문 역할을 하는 무언가를 만들어서 달아주는 것으로 오해하는 경우가 많다. 장루란 곧 배에 똥주머니를 차게 된다는 의미라고 설명을 하면 그제야 충격을 받은 표정으로 똥주머니를 차고도 사람이 살 수 있느냐고 묻는다. 이처럼 잘 모르는 것에 대한 본능적인 거부감과 주워들은 단편적인 지식에서 오는 몰이해가 겹치다 보니 대부분의 환자들은 장루를 만드는 수술 자체를 꺼린다.

장루를 만드는 수술은, 그래서, 어렵다.

2.

"복원은 절대 안 되는 거지요?"

벌써 같은 설명을 열 번쯤은 한 것 같은데 또 물어본다. 마지막 수술을 하고 나서 이제는 장루 복원은 어렵다고, 가능성은 완전히 사라졌다고, 평생 가지고 살아야 한다고 설명한 것이 육 개월 전이었다. 어머니는 또다시 눈물을 흘리기 시작했다. 눈물이 많은 어머니였다. 장루 복원 수술을 앞두고 잘 부탁한다며 눈물을 글썽였고, 수술 당일 어렵게 복원은 했지만 기능을 못하게 될 가능성이 높다는 설명에 굵은 눈물을 뚝뚝 흘렸으며, 결국 합병증으로 재수술을 결정한 날에는 아들을 안고 오열했다. 앞날이 창창한 스무 살 아들이 평생 장루를 가지고 살아야 한다는 말을 듣는 어머니의 심정이 오죽할까?

"네, 복원은 불가능합니다. 이미 여러 번 말씀드렸잖아요."

한 가닥 희망이라도 잡고 싶은 어미의 심정을 왜 모르랴. 하지만 헛된 희망은 더한 괴로움을 낳을 뿐이다. 나의 냉정한 대답에 어머니의 눈물은 멈출 줄을 모른다. 짠한 마음을 숨기기 어렵지만, 아무리 그래도 안 되는 건 안 되는 것이다. 나는 신이 아니다. 겨우 마음을 진정시킨 어머니가 힘겹게 입을 열었다.

"저⋯."

"말씀하세요."

마치 입에 올려서는 안 되는 말을 하려다 다시 삼키는 것처럼 주저주저하던 어머니가 말했다.

"장애진단서 좀⋯."

아들이 장애가 있음을 진단해 달라는 말을 꺼낸다는 것이 얼마나 어려운 일인지 어머니의 표정이 말해주고 있었다. 나는 아무 말 없이 고개를 끄덕이고 장애진단서를 작성하기 시작했다.

'장루장애. 말단결장루. 영구장루. 재판정 불필요.'

전문의 번호를 입력하는 손가락이 유난히 무거웠다. 내가 전자서명 버튼을 클릭하는 순간, 어머니의 스무 살 아들은 서류상으로 공식적인 장루 장애인이 되고 만다. 그것도, 영구적으로. 이미 알고 있는 사실일지라도 활자화된 서류를 받아 드는 것은 또 다른 의미일 것이다. 마음이 아렸다.

외래 문을 나서려던 어머니가 뒤를 돌아보고 또다시 물었다.

"복원은, 정말로 안 되는 거지요?"

나는 대답 대신 슬픈 웃음만 지었다.

3.

영화 「관능의 법칙」은 40대의 사랑을 비교적 사실적으로 그린 로맨틱 코미디 영화다. 개인적으로는 꽤나 재미있게 본 기억이 있는데, 엄정화, 문소리, 조민수라는 주연 배우들의 이름값과 비교적 잘 빠진 만듦새에 비한다면 영화는 그다지 흥행하지는 못했다.

영화에서 조민수는 직장암으로 수술을 받게 된다. 조민수와 이경영이 사랑에 빠지게 되면서, 조민수는 아픈 몸으로 사랑을 해도 되는 것인지, 상대에게 상처만 주는 것은 아닌지 고민한다. 조민수가 수술을 받은 이후에도 조민수와 이경영의 사랑은 점점 깊어지고 결국 잠자리를 가지게 되는데, 하필이면 그때 장루 주머니가 터지면서 침대가 똥바다가 되어 버리고 만다. 바로 그 장면이 장루 전문가인 나에게는 영화 전체에서 가장 인상적인 장면이었다. 더 이상은 사랑조차 할 수 없게 된 몸이라고 좌절하고 괴로워하며 웅크려 앉아 있는 조민수의 모습이 강하게 각인되어 영화가 끝난 이후에도 머릿속을 떠나질 않았다. 그것은 분명 내 환자들이 겪고 있는 현실 그 자체였다.

「관능의 법칙」에서 장루 환자에게 일어날 수 있는 일을 다소 극적으로 그려 내긴 했지만, 장루를 가지고 있다고 해서 일상생활을 못 하는 것은 아니다. 수영 등의 일부 활동에 제약이 있는 것을 빼면 장루를 가지고도 충분히 일상생활이 가능하다. 그렇지만 다수의 환자들은 장루를 만드는 수술을 극도로 꺼리는데, 체면을 중시하는 사회 풍조가 크게 한몫하는 것 같다. 장루를 가지고 사람들 앞에 어떻게 나설 수 있느냐는 것이다. 옷을 입으면 장루를 차고 있다는 것을 다른 사람들이 알지도 못한다고 설명해도 잘 이해를 하지 못한다. 근무지가 지방 대학병원이다 보니 많이 만나게 되는 시골 할아버지 할머니들은 현세의 몸뚱이를 내세까지 가지고 간다는 믿음을 가지고 있는 경우도 많아서, 똥주머니를 차느니 차라리 죽겠다는 경우가 허다하다. 이 환자들을 이해시키고 설득하는 것이 언제나 큰 과제다.

분명한 것은, 막상 장루를 만들고 나면 대부분의 환자들이 언제 그랬냐는 듯 잘 적응하고 지낸다는 사실이다. 물론 불편하다. 하지만 약간의 불편을 감수하여 새 삶을 얻을 수 있다면, 그보다 더 좋을 수 있을까?

4.

"아이고, 인자 암씨랑도 안 허요."

장루 가지고 사는 것이 불편하지는 않냐는 물음에 여든 줄의 할아버지는 시원시원하게 대답했다. 복회음절제술을 하고 영구장루를 가지고 산 지 벌써 3년이 넘었다. 이제 장루는 그에게 일상이다. 함박웃음을 짓던 할아버지가 한마디 덧붙였다.

"이랄 줄 진즉에 알았으믄 기냥 곱게 수술받는 것인디. 나가 교수님

속 좀 솔찬히 썩혔지라잉."

기억해 주시니 감사하다. 할아버지의 직장암은 항문 근육까지 침범하여 항문을 없애지 않고는 수술이 불가능했고, 항문을 없애고 평생 장루를 가지고 살아야 한다는 말에 할아버지는 절대 수술을 받지 않겠다며 고집을 부렸다. 하지만 방사선치료에도 반응이 좋지 않고 이미 종양이 항문을 상당 부분 막고 있어 수술이 불가피한 상황이었다. 이대로는 얼마 못 가서 암이 항문을 완전히 막을 거라고, 대변을 못보고 배가 불러와서 응급실로 오시게 될 거라고 아무리 설득하고 애원해도 소용이 없었다. 똥주머니를 차느니 죽고 말겠다며 끝내 수술을 거부했던 할아버지는 몇 달 지나지 않아 응급실로 다시 내원했고, 결국에는 처음 계획대로 복회음절제술을 받고 영구장루를 가지게 되었다. 수술 직후 세상 무너지는 표정으로 누워 있던 할아버지가, 3년이 지난 이제는 장루 예찬론을 늘어놓고 있다.

"함 보씨요. 요놈이 을매나 이쁜가. 내 목씸하고 바꾼 것인디 안 이쁘고 배기요? 허허허."

할아버지가 느닷없이 옷을 걷어 올리더니 장루 주머니 위로 장루를 쓰다듬으며 말했다. 할아버지의 너털웃음에 나도 같이 크게 웃었다.

"저 고생시키신 만큼 오래 사셔야 합니다."

"그라지요잉. 백 살꺼정 살 거싱게 두고 보씨요."

그래요. 부디 그래 주세요. 장루 그거 별 거 아니라는 것을 보여주세요. 똥주머니를 차고도 얼마든지 잘 살 수 있다는 사실을 몸소 증명해 주세요.

진료를 마치고 일어서는 할아버지에게 큰소리로 외쳤다.

"육 개월 뒤에 다시 뵙겠습니다!"

─── 선택의 기로

"만약에 교수님 가족이라면 어떤 선택을 하시겠어요?" 중요한 선택의 순간 이렇게 물어보는 보호자들이 종종 있다. 어려운 결정을 앞두고 마음을 정하는 데 조금이라도 도움을 받고 싶은 것이 겠지만, 실은 선택을 담당 교수에게 미룸으로써 스스로의 마음의 짐을 조금이라도 덜어 보려는 의도가 무의식에 깔려 있을 것이다. 하지만 환자의 입장에서는 나는 어디까지나 의사일 뿐 보호자가 아니다. 내 의견은 의학적인 견해 이상도 이하도 아니며, 거기에는 환자의 평소 신념이라든가 환자와 보호자의 관계, 보호자의 경제적 사정 같은 의학 외적인 것들이 끼어들 여지가 없다. 그렇기 때문에 의사가 의학적으로 내리는 판단과 보호자가 가족으로서 내리는 판단이 항상 같을 수는 없다.

자정이 넘은 시각, 전화벨이 울렸다. 이 시간에 오는 전화라면 분명 병원이고, 급한 일이다.

"교수님, 2년차 L입니다."

"…응, 무슨 일이니…."

설핏 들었던 잠이 완전히 깨지 못한 채 어눌한 소리로 물었다.

"APR 수술하고 열흘째인 S환자 때문에 전화 드렸습니다. 세 시간 전에 한 차례 vomiting 한 이후 saturation[25]이 80%까지 떨어졌습니다. Reservior mask[26]로 산소 full로 주어도 saturation 90% 이상으로 오르지 않아 optiflow[27] 적용하였고, 현재 FiO2 0.9, flow 60에서 saturation 95% 겨우 유지됩니다. Mental도 drowsy합니다."

한마디로 구토로 인해 흡인성 폐렴이 와서 위독해졌다는 말이다. 85세 할머니 환자에게 생긴 흡인성 폐렴이라니, 예감이 좋지 않다.

"얼른 중환자실로 옮기고 intubation[28] 하세요."

어차피 답은 정해져 있다. 기도 삽관하고 인공호흡기 달고 항생제 쓰면서 폐렴이 잡히기를 기다릴 것. 할머니가 폐렴을 이겨낼 수 있을 때까지 최대한 서포트 해주면서 시간을 벌 것.

"그런데요, 교수님. 보호자들이 intubation을 원하지 않습니다. 환자분이 평소에 이런 상황이 되면 힘들게 연명하지 말고 편안하게 보내 달라고 하셨다고 합니다."

아닌데. 그럴 상황이 아닌데.

"intubation 안 하면 돌아가실 거라고 말했니?"

"네, 지금 환자분 상태가 좋지 않아서 돌아가실 가능성이 크다고 설

---

25) saturation of percutaneous oxygen. 경피적 산소포화도.

26) 비재호흡 마스크. 짧은 시간동안 높은 농도로 산소를 공급해 줄 수 있는 장치.

27) 고유량 산소요법 장치의 일종.

28) 여기서는 endotracheal intubation을 말함. 기관내 삽관.

명했습니다. 그랬더니 intubation 하면 살릴 수 있냐고 물어보시길래, 최선은 다하겠지만 장담할 수는 없다고 말씀드렸더니 그러면 안 하겠다고…."

나는 담당 전공의에게 환자를 다시 한번 설득해 볼 것을 종용했지만, 보호자들은 완고했고 설득은 실패했다.

다음 날 내가 출근한 이후에도 환자는 전혀 호전이 없이 1분에 서른 번씩 가쁜 숨을 몰아쉬고 있었다. 나는 기도 삽관을 할 것을 직접 설득하기 위해 보호자와 마주 앉았다. 지금 삽관을 안 하면 분명히 돌아가실 것이다, 일단 기도 삽관을 하면 살아나실 확률이 비약적으로 증가한다, 수술은 잘 되었는데 폐렴으로 돌아가시게 할 수는 없지 않으냐, 최선을 다해 보자, 라고 설득했다. 내 이야기를 다 들은 아들은 이렇게 말했다.

"더 이상 어머니를 힘들게 하고 싶지 않습니다. 그만하고 싶습니다."

할머니가 아들과 함께 외래로 내원한 것은 한 달 전의 일이었다. 15년 전 직장암 수술을 받은 부위 하방으로 새로운 직장암이 생겨, 질까지 침범하고 있었다. 수술을 받지 않으면 곧 항문을 막아 버릴 정도로 진행해 있었고, 이미 15년 전 수술 당시 방사선치료까지 시행했던 상황이라 수술 외에는 다른 대안이 없었다. 관건은 복회음절제술에 부분 질절제술까지 꽤나 오래 걸릴 수술을 환자가 견딜 수 있느냐는 것이었다. 나는 수술은 불가피하며 만약에 수술을 하지 않게 되면 몇 달 뒤에 위독한 상태에서 응급실로 오시게 될 것이라고 분명하게 설명했지만, 환자와 아들은 여전히 수술을 결정하기를 망설이고 있었다. 그러던 중 아들이 예의 그 질문을 던졌다.

"교수님 어머니라면 수술하시겠습니까?"

"글쎄요, 저희 어머니는 아직 60대이시라 비교가 어렵겠는데요. 올해 돌아가신 저희 할머니가 비슷한 연세이셨는데, 돌아가시기 전 3년을 요양원에서 가족도 못 알아보고 연명만 하셨던 터라 만약 저희 할머니와 같은 컨디션이라면 수술을 안 했겠네요. 하지만 어머님은 전신 상태가 전혀 나쁘지 않으시잖아요. 이렇게 정정하신데. 이건 환자 개개인의 상태가 다 다르기 때문에, 제가 결정 내려 드릴 수 있는 부분이 아니에요."

"만약에 저희 어머니와 똑같은 상황이라면요?"

아들은 집요했다. 환자는 수술이 꼭 필요했고, 나는 이 아들을 설득해야만 했다.

"해야죠. 해야 되는 상황이고, 충분히 견뎌내실 수 있을 거 같으니까요."

내 말이 보호자의 마음의 짐을 조금은 가볍게 해주었던 것일까. 마침내 환자와 아들은 수술을 받기로 결심했고, 다행히 수술은 성공적으로 마무리되었다. 하지만 환자는 마지막으로 찾아온 고비를 넘지 못했고, 중환자실에서 생사를 넘나들고 있었다.

아들은 분명 지난 선택을 후회하고 있었다. 그냥 수술을 하지 말 것을, 그러면 한 일 년은 더 사셨을 것을, 괜히 수술을 해서, 의사의 설득에 넘어가는 바람에. 하지만 모든 것은 결과론일 뿐이었다. 수술을 받지 않기로 선택했더라도, 아들은 몇 달 뒤 대변을 못 보고 복통으로 끙끙대는 어머니를 응급실로 모시고 오며 분명히 후회했을 것이다. 이미 일어난 일을 가지고 지난 선택을 후회해서 무슨 소용인가. 지난 일보다 더 중요한 것은 현재 위독한 어머니를 앞에 두고 어떤 선택을 하느냐였다. 나는 환자를 꼭 살리고 싶었다. 환자는 용케도 지난 밤보다 더 나빠지지는 않고 버티고 있었다. 기도 삽관만 하면 죽음의 문턱에서 환자를 되돌릴 수 있을 것 같았다. 하지만 반드시 살릴 터이니 일단 삽관을 하고 보자는 만용을 부릴 수는 없었다. 나는 기도 삽관을 하더라도 환자가 잘못될 수도 있다는 것을 너무나 잘 알고 있었고, 나에게는 그 가능성에 대해서 객관적으로 설명해야 할 의무가 있었다. 아들은 기도 삽관이라는 선택이 또 한 번 나쁜 결과를 가져오게 될까 두려워하고 있었고, 후회와 두려움이라는 감정 앞에서는 어떠한 설득의 말도 소용이 없었다.

설득은 결국 실패했고, 환자는 며칠 뒤 돌아가셨다.

내 판단이 보호자의 결정과 상반될 경우 나는 고민에 빠진다. 내 결정을 따르도록 설득할 것인가, 아니면 보호자의 결정을 지지해 줄 것인가. 의학적으로 다른 선택의 여지가 없는 경우라면 어떻게든 환자를 설득해 보겠지만, 의학이라는 것이 항상 정답이 정해져 있는 것은 아니어서 내 의견을 강하게 주장하기가 애매한 경우가 허다하다. 만일 성공 확률이 99%이지만 1%의 확률로 실패할 경우에는 환자가 사망할지도 모르는 수술이 필요한 상황이라면, 환자에게 수술을 받을 것을 강력하게 설득할 수 있을 것인가? 성공 확률이 90%라면? 혹은 20%밖에 안 된다면? 나는 매 순간 무엇이 환자를 위하는 길인지 고민하지만, 신이 아닌 이상 어떤 결과가 따를지 정확하게 안다는 것은 불가능하다. 내가 의사라고 해서, 의학적인 지식이 조금 많다고 해서, 환자의 중요한 삶의 결정을 내가 내려줄 수는 없다. 최종 결정은 언제나 환자 본인과 보호자의 몫이다. 그리고 그 결정은 때로는 내가 원하지 않았던 결과를 가져오기도 한다.

어머니를 잃은 아들의 마음이야 오죽하겠냐만, 살릴 수 있을 것만 같았던 환자를 떠나보낸 담당 의사의 심정 또한 이루 말할 수 없다. 그저 어머니의 고통스러운 시간을 연장하지 않기로 한 아들의 선택이 현명한 결정이었기를 마음속으로 기도할 뿐이다.

제가 지은 죄가 많아서요

"저, 잘 깨어날 수 있을까요?"

수술을 받으러 들어온 환자들의 반응은 제각각이다. 잘 부탁드린다며 생글생글 웃는 환자가 있는가 하면, 수술방 입구에서부터 눈물을 뚝뚝 흘리는 환자도 있고, 긴장해서 묻는 말에 대답도 제대로 못하고 부들부들 떠는 환자도 있다. 마취에서 잘 깨어날 수 있을지를 걱정하는 환자들은 워낙 흔해서, 여태껏 마취에서 깨어나지 못한 환자는 한 번도 본 적이 없으니 걱정 붙들어 매시라고 환자들을 안심시키는 것이 일상이 되었다. 대부분의 환자들은 의료진의 말에 안심하고, 혹은 억지로 안도하는 척이라도 하고, 심호흡을 하며 마음을 가다듬는다. 하지만 그날 수술대 위에 누운 환자의 반응은 좀 특별했다.

"제가 지은 죄가 너무 많아서요…."

생각지도 못한 환자의 말에 주변에 서 있던 의료진 모두가 웃었지만, 정작 당사자는 한없이 진지했다. 살며시 감은 환자의 눈가가 파르르 떨렸다. 그는 깨어나지 못할 것을 진심으로 걱정하고 있었다. 본인이 지은 죄로 인해 대장암이라는 벌을 받고 있다고, 죗값을 치르고 있다고 생각하는 것이 분명했다.

죗값… 죗값이라.

죄에 어떻게 값을 매길 수 있을까? 누군가 죄를 벌하고 사하는 절대
자가 존재해서 네 죄는 천만 원, 네 죄는 일억 원, 너는 값으로 매길 수
없을 만큼 중한 죄를 저질렀으니 대장암이라는 벌을 내리노라, 뭐 이
런 식으로 정하는 것일까? 대장암이 죗값이라면 그 값을 제대로 치르
려면 대장암을 치료받지 못하고 죽어야 하는 것일까? 만약 그렇다면,
수술을 받고 대장암이 완치되어 버리면 나는 환자가 죗값을 치르지
도 못하게 방해하는 존재가 되어 버리는 건가? 아니면, 대장암에 걸
려 수술을 받고 있다는 사실만으로도 이미 죗값을 충분히 치르고 있
는 중인 걸까?

너무 당연한 이야기지만, 환자가 지은 죄와 대장암 사이에는 아무런
관계도 없다. 하지만 여전히 많은 환자들은 암에 걸렸다는 사실을 일
종의 '형벌' 같은 것으로 여긴다.

"저는 그동안 정말 착하게 살았는데 왜 제가 이런 병에 걸린 걸까요?"
이것은 대장암을 진단받고 외래에 처음 내원한 환자들이 가장 많이
물어보는 질문 중의 하나다. 착하게 살면 병에 걸리지 않을 거라는 순
박한 믿음을 가진 사람에게 난데없이 암이라니, 이 얼마나 청천벽력
같은 일일까. 왜 하필 나에게 이런 일이 생겼느냐를 물어보는 사람들
에게 대답해 줄 말이란 참 궁하기 짝이 없다. 착하게 살아서 대장암

을 막을 수 있다면 참 좋으련만. 그러면 멀쩡한 사람들한테 제발 대장내시경 좀 받으시라고 검진을 꼬박꼬박 받아야 조기에 발견할 수 있다고 침을 튀겨 가며 이야기할 필요도 없고, 운동을 해야 하네, 탄 음식은 먹으면 안 되네 어쩌네 잔소리할 이유도 없고, 대장암 걸린 사람들은 전부 뭔가 나쁜 짓을 한 사람들일 테니 색안경 끼고 바라보며 속으로 욕도 좀 하고, 얼마나 좋겠나. 하지만 병이란 것이 원래 사람 가려가며 찾아오는 것이 아니다. 눈물을 연신 닦아내는 환자가 안쓰러워도 나는 공감을 표시하기보다는 ― 그랬다가는 초진 환자 한 명당 한 시간씩 시간을 잡아먹게 될지도 모른다! ― 냉정한 조언을 하는 쪽을 늘 택한다.

"이유야 아무도 모르죠. 누구나 걸릴 수 있는 병이니까. 중요한 건 지금부터예요. 얼마나 마음 단단히 먹고 치료받느냐에 따라 결과가 달라질 겁니다. 다행히 대장암은 수술하고 항암치료 잘 받으면 70퍼센트 이상은 완치되니까 마음 다잡고 치료 시작하자고요. 아시겠지요?"

그동안 착하게 살아왔는지 죄를 저지르고 살아왔는지는 치료에 하등 영향을 미치지 않는다. 행여 정말 중죄를 저지른 범죄자라 해도 마찬가지다.

"그런데 교수님, 이 환자는 무슨 죄로 수감되어 있대요?"

환자 주치의를 맡고 있는 1년차가 호기심 가득한 눈으로 나에게 물었다. 그런 호기심을 대놓고 드러내는 너의 해맑음이란 정말 끝을 알 수가 없구나. 글쎄, 나도 사실 궁금하기는 한데 차마 환자에게 물어볼 수는 없고, 교도관에게 물어봐야 안 가르쳐줄 것이 뻔하니 물어보지 않아서 나도 잘 모르겠다. 환자의 죄목은 어디까지나 환자의 프라이버시이고, 환자의 치료와는 아무런 관련이 없다. 아니, 없어야 한다. 이 환자는 전과 10범인데 또다시 죄를 저질러서 수감되어 있는 중에 대장암에 걸렸으니, 호되게 죗값을 치르려면 수술도 얼렁뚱땅하고 대충 퇴원시킵시다, 이럴 수는 없잖은가. 나는 그저 환자의 질병에 따라 최선의 치료를 할 뿐이다.

하지만 어떤 원칙이든 예외는 존재하기 마련이다. 이를테면, 끔찍한 살인사건을 저지른 사형수가 탈옥을 감행하다가 크게 다쳐 실려 온다면, 이미 사형을 선고받은 환자를 '죽임을 당하게 하기 위해' 되살리는 것이 과연 옳은 일일까? 의료윤리 시간에는 의사는 가치중립적이어야 하고, 의사의 일은 치료이지 심판이 아니며, 환자가 어떤 사람인지는 치료에 중요하지 않다고 배운다. 하지만 이러한 원칙이 과연 이런 극단적인 상황에서도 적용될 수 있을까? 예외적이고 어려운 가치판단의 상황에 놓이게 되면 당사자인 의사는 정말이지 괴롭기 짝이 없다. 의사도 어디까지나 사람일 뿐 신이 아닌데 신의 역할까지 요구받는 느낌이랄까?

목포 교도소에 수감되어 있었던 그 재소자 환자는 다른 환자와 다를 것 하나 없이 치료해 주려 했지만, 꼭 그렇게 할 수만은 없었다. 다른 환자들과 접촉을 피하기 위해 1인실 격리실에 입원시켜야 했고, 수갑이 침대에 항상 채워져 있다 보니 병동을 걸어 다니며 운동하시라고 할 수도 없었다. 장 수술을 받으면 걸어 다니는 운동을 해야 회복이 빨라지는데, 환자가 늘 침대에 묶여 있고 움직인다고 해봐야 겨우 화장실만 왔다 갔다 하는 형편이다 보니 장 마비가 오고 회복이 더뎠다.

환자 곁은 교도관들이 항상 지키고 있었는데, 한 명이 아니라 꼭 두세 명이 함께였다. 병원은 교도소처럼 닫혀 있는 공간이 아니다 보니 만일의 사태를 대비하려면 그럴 수밖에 없겠다 싶었지만, 목포에서 화순까지 교대를 해가며 환자의 병실을 지키고 있는 교도관들의 모습은 참 딱하기 짝이 없었다. 보호자 침대라고는 한 명이 겨우 누울 수 있는 간이침대 하나뿐인데, 세 명이서 낚시 의자 가져다 놓고 그 좁은 병실을 지키고 있으려니 얼마나 힘들었겠는가? 교도관들은 내가 회진을 하러 갈 때마다 퇴원은 언제 할 수 있는지를 물어왔고, 하루 이틀만 경과를 더 보자는 얘기가 내 입에서 나올 때면 실망을 감추지 못했다. 이런 마음을 아는지 모르는지 환자는 자꾸 배가 아프다고 엄살을 부렸다. 혹여, 얼른 퇴원시키려는 내 마음을 알고 일부러 그랬던 것이었을까?

세 명의 교도관을 간병인으로 부리던 환자는 다행히 수술 후 일주일째 무사히 퇴원했다. 일 년 후면 출소라고 했었는데, 지금쯤 출소하셨으려나. 죗값도 충분히 치르셨고, 대장암 수술도 잘 받으셨으니, 부디 앞으로는 죄짓지 말고 건강하게 오래오래 사시길.

애기, 엄마

　수술대 위에 누워 있는 남자는 기묘하기 짝이 없었다. 서른이 넘은 나이가 무색하게도 남자의 키는 130센티미터가 겨우 될까 말까였다. 실은 키를 제대로 잴 수 있을지부터가 의문이었다. 남자의 왼쪽 다리는 무릎 아래에서 끊어져 있었고, 남아 있는 오른쪽 다리는 뒤틀려 있었으며, 그 아래에 달린 오른발은 크기가 너무 작아 30킬로그램이 채 안 되는 남자의 몸무게조차 지탱할 수 없어 보였다. 누가 봐도 성인 남자의 것이라고 생각할 수 없는 몸이었다. 하지만 내가 남자에게서 느꼈던 강한 이질감과 위화감의 근원은 남자의 끊어진 왼다리도, 뒤틀린 오른쪽 다리도, 변형의 정도가 심해 팔이라기보다는 앙상한 나뭇가지 같아 보였던 양팔도 아닌, 남자의 수염과 음모였다. 남자는 어른이면서 어른이 아니었다. 남자의 몸은 분명 어른이 아니었는데, 실은 어른이었다. 나는 내 눈앞의 객체가 가지고 있는 이런 모순을 쉽게 받아들이기가 힘들었다. 대체 이 남자는 무어란 말인가. 수술을 준비하고 있던 전공의에게 물었다.
　"무슨 증후군이라고?"

"아까 말씀드렸잖습니까."

"그러니까 그게 무슨 증후군이냐고."

"…잊어버렸습니다."

분명히 조금 전에 한참 동안 구글링을 했었는데, 그새 전공의도 나도 병명조차 잊어버렸다. 처음 들어본 증후군이었다. 의사 면허를 딴지 십오 년이 지나니 내 전공 외에는 아는 것이 별로 없게 되었지만, 그래도 학생 때 배운 질병은 자세히는 모를지언정 이름 정도는 기억하는데, 이 증후군은 정말로 단 한 번도 들어본 적이 없었다. 단언컨대 우리나라에서 이 병을 진단받은 환자는 손에 꼽을 정도일 것이었다. 그리고 나는 그 몇 안 되는 환자 중 한 명의 배를 갈라야 하는 처지였다. 남자의 CT를 보고 또 보았다. 암인지 염증 덩어리인지 모를 부분과 커진 림프절을 제외하면 특이할 것이 없는 복부였다. 그래, 어차피 사람의 배야 다 똑같지 뭐. 위화감을 애써 진정시키고 수술을 시작했다.

남자의 배 속은 예상보다 훨씬 심각했다. 충수돌기를 둘러싼 회장과 맹장, 에스상결장이 한 덩어리로 붙어 후복막에 단단히 고정되어 도저히 떼어낼 수 없는 상태였다. 이쪽저쪽 방향을 바꿔가며 접근을 시도했지만, 소용이 없었다. 명백히 불가능한 것을 억지로 시도하는 것은 용기가 아니라 무모함일 뿐이라는 것을 나는 잘 알고 있었다. 나는 안 된다는 것을 인정하고 과감하게 물러설 줄을 알아야 한다고 배웠고, 지금이 바로 그때였다. 절제를 포기하고, 늘어나 있는 대장의 감압을 위해 소장결장우회술과 에스상결장루 조성술만 시행하고 수술을 종료했다. 그것이 최선이었다.

수술장 상담실에서 남자의 부모와 마주했다. 남자의 어머니가 근심이 가득한 눈으로 나에게 물었다.

"어떻게 되었나요, 선생님?"

이럴 때는 빙빙 돌려서 말해서는 안 된다. 절망적인 사실을 정면으로 대하는 것이 두려워 변죽을 울리게 되면 설명하는 나도 듣는 보호자도 모두 힘들어지기 마련이다. 단도직입적으로 모든 것을 설명했다. 점점 어두워져 가는 표정으로 설명을 다 들은 어머니가 물었다.

"그러면 장루는 평생 가지고 살아야 하는 건가요?"

"그렇지요. 원발 병변의 절제가 어렵기 때문에, 장루를 복원할 수 있는 가능성은 없다고 보시는 것이 맞습니다."

어두웠던 어머니의 표정이 묘하게 담담해졌다. 나는 그 담담함이 이름을 외우기조차 어려운 증후군을 가진 남자의 삼십 평생과 함께해 온 어머니에게 자연스럽게 체화된 체념과 수용인 것 같아 보여 더 슬펐다. 잠시 입을 다물고 생각에 잠겨 있던 어머니가 다시 말을 이었다.

"교수님, 한 가지만 여쭤볼게요."

"네, 말씀하세요."

이런 상황에서 보호자들이 하는 질문은 대개는 앞으로 무슨 치료를 하느냐, 치료가 가능하기는 한 것이냐, 얼마나 살 수 있느냐 따위의 것이었다. 하지만 이어진 어머니의 질문은 나의 예상을 한참 벗어난 것이었다.

"뭐라고 설명을 해야 우리 애기가 실망을 하지 않을 수 있을까요?"

슬플 것도 감동적일 것도 없는 '애기'라는 단어 한마디에 나는 그만 울컥하고 말았다. 온전히 남자에게 바쳐왔을 어머니의 지난 삼십 년이 '애기'라는 말 한마디에 응축되어 아무런 설명 없이도 파노라마처럼 눈앞에 펼쳐졌다. 자식을 향한 사랑으로 버텨왔을 삼십 년의 인고의 세월. 그 삼십 년이 비극으로 마무리될지도 모르는 모진 현실 앞에서도 자식의 마음의 상처를 먼저 걱정하는 끝없는 모정에 마음이 저렸다. 하지만 어머니의 질문은 내가 대답할 수 있는 성질의 것이 아니었다. 나는 "글쎄요"라고 독백처럼 내뱉고는 슬픈 미소를 지었다. 어머니 역시 대답을 기대하고 물어본 질문은 아닐 것이었다. 새벽에 수술하느라 고생하셨다는 말을 남기고 일어서 상담실을 나서는 어머니의 등이 이렇게 말하고 있는 것만 같았다.
'그래요. 제가 모든 것을 안고 가야지요.'

자그마한 체구의 어머니 등이 유난히 커 보여 물끄러미 바라보았다. 그렇게 한참을 바라보았다.

메스를 손에 든 자

초판1쇄 2023년 6월 16일 **지은이** 이수영 **펴낸이** 한효정 **편집교정** 김정민 **기획** 박자연, 강문희 **디자인** purple, 화목 **마케팅** 안수경 **펴낸곳** 도서출판 푸른향기 **출판등록** 2004년 9월 16일 제 320-2004-54 호 **주소** 서울 영등포구 선유로 43가길 24 104-1002 (07210) **이메일** prunbook@naver.com **전화번호** 02-2671-5663 **팩스** 02-2671-5662
홈페이지 prunbook.com | facebook.com/prunbook | instagram.com/prunbook

ISBN 978-89-6782-188-3 03810
ⓒ 이수영, 2023, Printed in Korea